凌晨四点钟，我看见海棠花未眠，总觉得这时你应该在我身边。

# 我想大张旗鼓地闯入你的世界

余华
梁晓声
毕淑敏 等 ◎ 著

《作家文摘》 ◎ 编

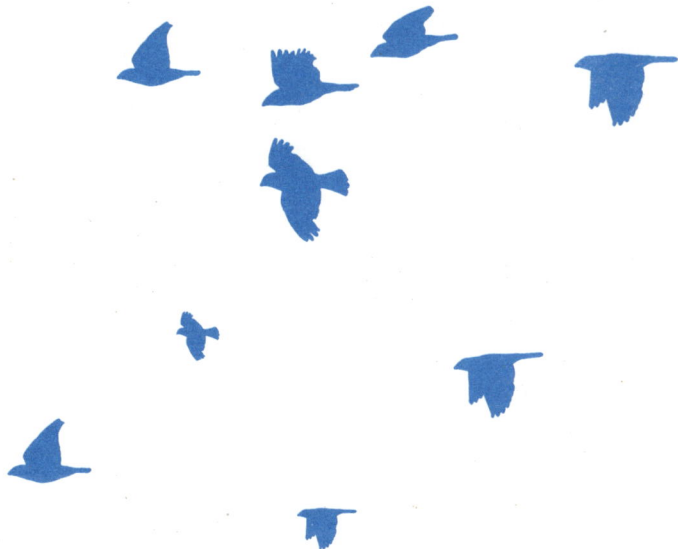

人民东方出版传媒
People's Oriental Publishing & Media

东方出版社
The Oriental Press

《作家文摘》名家散文系列

主　编　孔　平

副主编　魏　蔚

编　辑　王晓君　裴　岚

# 我的父亲母亲

# "你爱我吗"

# 致天生没什么运气的我们

# 第一件好事还是读书

# 我的父亲
# 母亲

我们绝不对年迈的母亲的厨艺提出意见，
我们吃下的，是养育之恩，是浓酽的亲情。

# 多年父子成兄弟

父亲是个绝顶聪明的人。他是画家，会刻图章，画写意花卉。图章初宗浙派，中年后治汉印。他会摆弄各种乐器，弹琵琶，拉胡琴，笙箫管笛，无一不通。他认为乐器中最难的其实是胡琴，看起来简单，只有两根弦，但是变化很多，两手都要有功夫。他拉的是老派胡琴，弓子硬，松香滴得很厚——现在拉胡琴的松香都只滴了薄薄的一层。他的胡琴音色刚亮。胡琴码子都是他自己刻的，他认为买来的不中使。他养蟋蟀，养金铃子。他养过花，他养的一盆素心兰在我母亲病故那年死了，从此他就不再养花。我母亲死后，他亲手给她做了几箱子冥衣——我们那里有烧冥衣的风俗。按照母亲生前的喜好，选购了各种花素色纸作衣料，单夹皮棉，四时不缺。他做的皮衣能分得出小麦穗、羊羔、灰鼠、狐胈。

父亲是个很随和的人，我很少见他发过脾气，对待子女，从无疾言厉色。他爱孩子，喜欢孩子，爱跟孩子玩，带着孩子玩。我的姑妈称他为"孩子头"。春天，不到清明，他领一群孩子到麦田里放风筝。放的是他自己糊的蜈蚣（我们那里叫"百脚"），是用染了色的绢糊的。放风筝的线是胡琴的老弦。老弦结实而轻，这样风筝可笔直地飞上去，没有"肚儿"。用胡琴弦放风筝，我还未见过第二人。清明节前，小麦还没有"起身"，是不怕践踏的，而且越踏会长得越旺。孩子们在屋里闷了一冬天，在春天的田野里奔跑跳跃，身心都极其畅快。他用钻石刀把玻璃裁成不同形状的小块，再一块一块逗拢，接缝处用胶水粘牢，做成小桥、小亭子、八角玲珑水晶球。桥、亭、球是中空的，里面养了金铃子。从外面可以看到金铃子在里面自在爬行，振翅鸣叫。他会做各种灯。用浅绿透明的"鱼鳞纸"扎了一只纺织娘，栩栩如生。用西洋红染了色，上深下浅，通草做花瓣，做了一个重瓣荷花灯，真是美极了。在小西瓜（这是拉秧的小瓜，因其小，不中吃，叫作"打瓜"或"笃瓜"）上开小口，挖净瓜瓤，在瓜皮上雕镂出极细的花纹，做成西瓜灯。我们在这些灯里点了蜡烛，穿街过巷，邻居的孩子都跟过来看，非常羡慕。

　　父亲对我的学业是关心的，但不强求。我小时候，国文成绩一直是全班第一。我的作文，时得佳评，他就拿出去到处给人看。我的数学不好，他也不责怪，只要能及格，就行了。他画画，我小时也喜欢画画，但他从不指点我。他画画时，我在旁边看，其余时间由我自己乱翻画谱，瞎抹。我对写意花卉那时还不大会欣赏，只是画一些鲜艳的大桃子，或者我从来没有见过的瀑布。我小时字写得不错，他倒是给我出过一点主意。在我写过一阵《圭峰碑》和《多宝塔》以后，他建议我写写《张猛龙》。这建议是很好的，到现在我写的字还受《张猛龙》的影响。我初中时爱唱戏，唱青衣，我的嗓子很好，高亮甜润。在家里，他拉胡琴，我唱。我的同学里有几个能唱戏的。学校开同乐会，他应我的邀请，到学校去伴奏。几个同学都只是清唱。有一个姓费的同学借到一顶纱帽，一件蓝官衣，扮起来唱"朱砂井"，但是没有配角，没有衙役，没有犯人，只是一个赵廉，摇着马鞭在台上走了两圈，唱了一段"郿坞县在马上心神不定"，便完事下场。父亲那么大的人陪着几个孩子玩了一下午，还挺高兴。我十七岁初恋，暑假里，在家写情书，他在一旁瞎出主意！我十几岁就学会了抽烟喝酒。他喝酒，给我也倒一杯。抽烟，一次抽出两根，他一根我一根。他还总是先给我点上火。我们的这种关系，他人或以为怪。父亲说："我们是多年父子成兄弟。"

我和儿子的关系也是不错的。我戴了"右派分子"的帽子下放张家口农村劳动，他那时还从幼儿园刚毕业，刚刚学会汉语拼音，用汉语拼音给我写了第一封信。我也只好赶紧学会汉语拼音，

好给他写回信。"文化大革命"期间，我被打成"黑帮"，送进"牛棚"。偶尔回家，孩子们对我还是很亲热。我的老伴儿告诫他们"你们要和爸爸'划清界限'"，儿子反问母亲："那你怎么还给他打酒？"只有一件事，两代之间，曾有分歧。他下放山西忻县"插队落户"。按规定，春节可以回京探亲。我们等着他回来，不料他同时带回了一个同学。他这个同学的父亲是一位正受林彪迫害，搞得人囚家破的空军将领。这个同学在北京已经没有家，按照大队的规定是不能回北京的，但是这孩子很想回北京，在一伙同学的秘密帮助下，我的儿子就偷偷地把他带回来了。他连"临时户口"也不能上，是个"黑人"，我们留他在家住，等于"窝藏"

了他。公安局随时可以来查户口，街道办事处的大妈也可能举报。当时人人自危，自顾不暇，儿子惹了这么一个麻烦，使我们非常为难。我和老伴儿把他叫到我们的卧室，对他的冒失行为表示很不满，我责备他："怎么事前也不和我们商量一下！"我的儿子哭了，哭得很委屈，很伤心。我们当时立刻明白了：他是对的，我们是错的。我们这种怕担干系的思想是庸俗的。我们对儿子和同学之间的义气缺乏理解，对他的感情不够尊重。他的同学在我们家一直住了四十多天才离去。

对儿子的几次恋爱，我采取的态度是"闻而不问"。了解，但不干涉。我们相信他自己的选择，他的决定。最后，他悄悄和一个小学时期女同学好上了，结了婚。

我的孩子有时叫我"爸"，有时叫我"老头子"！连我的孙女也跟着叫。我的亲家母说这孩子"没大没小"。我觉得一个现代化的、充满人情味的家庭，首先必须做到"没大没小"。父母叫人敬畏，儿女"笔管条直"，最没有意思。

儿女是属于他们自己的。他们的现在，和他们的未来，都应由他们自己来设计。一个想用自己理想的模式塑造自己的孩子的父亲是愚蠢的，而且可恶！另外，作为一个父亲，应该尽量保持一点童心。

# 父子之战

余　华

我对我儿子最早的惩罚是提高自己的声音，那时他还不满两岁，当他意识到我是在喊叫时，他就明白自己处于不利的位置了，于是睁大了惊恐的眼睛，仔细观察着我进一步的行为。当他过了两岁以后，我的喊叫渐渐失去了作用。我开始增加惩罚的筹码，将他抱进了卫生间，狭小的空间使他害怕，他会在卫生间里"哇哇"大哭，然后就是不断地认错。这样的惩罚没有持续多久，他就习惯卫生间的环境了，他不再哭叫，而是在里面唱起了歌，他卖力地向我传达这样的信号——我在这里很快乐。接下去我只能将他抱到了屋外，当门一下子被关上后，他发现自己面对的空间不是太小，而是太大时，他重新唤醒了自己的惊恐，号啕大哭。可是随着抱他到屋外次数的增加，他的哭声也消失了，他学会了如何让

自己安安静静地坐在楼梯上，这样反而让我惊恐不安。我开始担心他会出事，于是我只能立刻终止自己的惩罚，开门请他回来。

当我儿子接近四岁的时候，他知道反抗了。有几次我刚把他抱到门外，他下地之后以难以置信的速度跑回了屋内，并且关上了门。他把我关到了屋外。现在，他已经五岁了，而我对他的惩罚黔驴技穷以后，只能启动最原始的程序，动手揍他了。就在昨天，当他意识到我可能要惩罚他时，他像一个小无赖一样在房间里走来走去，高声说着："爸爸，我等着你来揍我！"

我注意到我儿子现在对付我的手段，很像我小时候对付自己的父亲。儿子总是不断地学会如何更有效地去对付父亲，让父亲越来越感到自己无可奈何；让父亲意识到自己的胜利其实是短暂的，而失败才是持久的；儿子瓦解父亲惩罚的过程，其实也在瓦解着父亲的权威。

人生就像是战争，即便父子之间也同样如此。当儿子长大成人时，父子之战才有可能结束。不过另一场战争开始了，当上了父亲的儿子将会去品尝作为父亲的不断失败，而且是漫长的失败。

我记得最早的与父亲作战成功的例子是装病。那时候我已经上小学了，自己假装发烧了，父亲听完我对自己疾病的陈述后，第一个反应——将他的手伸过来，贴在了我的额头上。那时我才想起来自己犯了一个致命的错误，我竟然忘记了父亲是医生。当我父亲明察秋毫的手意识到我什么病都没有的时候，他没有去想我是否在欺骗他，而是对我整天不活动表示了极大的不满。他怒气冲冲地训斥我，我什么病都没有，我的病是我不爱活动。我父亲的怒气因为对我身体的关心一下子转移了方向。

我有关疾病的表演深入到了身体内部。在那么一两年的时间里，我经常假装肚子疼，确实起到了作用。由于我小时候对食物过于挑剔，所以我经常便秘，这在很大程度上为我的肚子疼找到了借口。每当我做错了什么事，我意识到父亲的脸正在沉下来的时候，我的肚子就会疼起来。刚开始的时候我还能体会到自己是在装疼，后来竟然变成了条件反射，只要父亲一生气，我的肚子立刻会疼，连我自己都分不清是真是假。不过这对我来说已经不重要了，重要的是我父亲的反应。

我装病的伎俩逐渐变本加厉，到后来不再是为了逃脱父亲的惩罚，而是开始为摆脱扫地或者拖地板这样的家务活儿了。有一次我弄巧成拙了，当我声称自己肚子疼的时候，我父亲的手摸到了我的右下腹，他问我是不是这个地方，我连连点头，然后父亲又问我是不是胸口先疼，我仍然点头，接下去父亲完全是按照阑尾炎的病状询问我，而我一律点头。其实那时候我自己也弄不清是真疼还是假疼了。然后，在这一天的晚上，我躺到了医院的手术台上，两个护士将我的手脚绑在了手术台上。父亲坚定的神态使我觉得自己可能是阑尾炎发作了，可是我又想到自己最开始只是假装疼痛而已，尽管后来父亲的手压上来的时候真的有点疼痛。我记得自己十分软弱地说了一声：我现在不疼了。我希望他们会放弃已经准备就绪的手术，可是他们谁都没有理睬我。那时候我母亲是手术室的护士长，我记得她将一块布盖在了我的脸上，在我嘴的地方有一个口子，然后发苦的粉末倒进了我的嘴里，没多久我就什么都不知道了。

　　等到我醒来的时候，我已经睡在家里的床上了。我感到哥哥的头钻进了我的被窝，又立刻缩了出去，连声喊叫着："他放屁啦，臭死啦。"然后我看到父母站在床前，他们因为我哥哥刚才的喊叫而笑了起来。就这样，我的阑尾被割掉了，而且当我还没有从麻醉里醒来时，我就已经放屁了，这意味着手术很成功，我很快就会康复。很多年以后，我曾经询问过父亲，他打开我的肚子后看到的阑尾是不是应该切掉。我父亲告诉我应该切掉，因为我当时的阑尾有点红肿。尽管父亲承认吃药也能够治好这"有点红肿"，可他坚持认为手术是最为正确的方案。因为对那个时代的外科医生来说，不仅是"有点红肿"的阑尾应该切掉，就是完全健康的阑尾也不应该保留。我的看法和父亲不一样，我认为这是自食其果。

# 父亲这一生

贾平凹

　　父亲贾彦春，一生于乡间教书，退休在丹凤县棣花。（1989年）年初胃癌复发，七个月后便卧床不起，饥饿疼痛，疼痛饥饿，受罪至第二十六天的傍晚，突然一个微笑而去世了。其时中秋将近，天降大雨，我还远在四百里之外，正预备着翌日赶回。

　　我并没有想到父亲的最后离去竟这么快。一下班车，看见父亲安睡在灵床上，双目紧闭，口里衔着一枚铜钱，他再也没有以往听见我的脚步便从内屋走出来欢喜地对母亲喊："你平回来了！"也没有我递给他一支烟时，他总是摆摆手而拿起水烟锅的样子，父亲永远不与儿子亲热了。

　　父亲的病是两年前做的手术，我一直对他瞒着病情，每次从云南买药寄他，总是撕去药包上癌的字样。术后恢复得极好，他

每顿已能吃两碗饭，凌晨要喝一壶茶水，坐不住，喜欢快步走路。常常到一些亲戚朋友家去，撩了衣服说：瞧，刀口多平整，不要操心，我现在什么病也没有了。看着父亲的豁达样，我暗自为没告诉他病情而宽慰，但偶尔发现他独坐的时候，神色甚是悲苦，竟有一次我弄来一本算卦的书，兄妹们都嚷着要查各自的前途机遇，父亲走过来却说："给我查一下，看我还能活多久？"我的心咯噔一下沉起来，父亲多半是知道了他得的什么病，他只是也不说出来罢了。卦辞的结果，意思是该操劳的都操劳了，待到一切都好。父亲叹息了一声："我没好福。"我们都黯然无语，他就又笑了："这类书怎能当真？人生谁不是这样呢！"可后来发生的事情，不幸都依这卦辞来了。

先是数年前母亲住院，父亲一个多月在医院伺候，做手术的那天，我和父亲守在手术室外，我紧张得肚子疼，父亲也紧张得肚子疼。母亲病好了，大妹出嫁，小妹高考却不中，原本依父亲的教龄可以将母亲和小妹的户口转为城镇户民，但因前几年一心想为小弟有个工作干，自己硬退休回来，现在小妹就只好窝在乡下了。为了小妹的前途，我写信申请，父亲四处寻人说情，他是干了几十年教师工作，不愿涎着脸给人家说那类话，但事情逼着他得跑动，每次都十分为难。他曾鼓很大勇气去找人，但当得知所找的人不在时，竟如释重负，暗自庆幸，虽然明日还得再找，而今天却免去一次受罪了。整整两年有余，小妹的工作有了着落，可大妹夫突然出事故亡去。病后的父亲老泪纵横，以前手颤的旧病又复发，三番五次划火柴点不着烟。大妹带着不满一岁的外甥又回住到我家，沉重的包袱又一次压在父亲的肩上。为了大妹的生活和出路，父亲又开始了比小妹当年就业更艰难的奔波。大妹终于可以吃商品粮了，但父亲癌病复发了。父亲之所以在动了手术后延续了两年多的生命，他全是为了儿女要办完最后一件事，当他办完事了竟不肯多活一月就溘然长逝。

俗话讲，人生的光景几节过，前辈子好了后辈子坏，后辈子好了前辈子坏，可父亲的一生中却没有舒心的日月。在他的幼年，家贫如洗，又常常遭土匪的绑票，三个兄弟先后被绑票过三次，每次都是变卖家产赎回，而年仅七岁的他，也竟在一个傍晚被人背走到几百里外。贾家受尽了屈辱，发誓要供养出一个出头的人，便一心要他读书。父亲提起那段生活，总是感激着三个大伯，说他夜里读书，三个大伯从几十里外扛木头回来，为了第二天再扛到二十里外的集市上卖个好价，成半夜在院中用石槌砸木头的大小截面，那种"咣咣"的响声使他不敢懒散，硬是读完了中学，成为贾家第一个有文化的人。此后的四五十年间，他们兄弟四人亲密无间，我记得父亲在邻县的中学任教时期，一直把我的三个堂兄带在身边上学，他转哪儿，就带到哪儿。

"文化大革命"中，家乡连遭三年大旱，生活极度拮据，父亲却被诬陷为历史反革命关进了牛棚。正月十五的下午，母亲炒了家中仅有的一疙瘩肉盛在缸子里，伯父买了四包香烟，让我给父亲送去。我太阳落山时赶到他任教的学校，父亲已经遭人殴打过，造反派硬不让见，我哭着求情，终于在院子里拐角处见到了父亲，他黑瘦得厉害，才问了家里的一些情况，监管人就在一边催时间了。父亲送我走过拐角，却将缸子交给我，说："肉你拿回去，我把烟留下就是了。"我出了院子的栅栏门，门很高，我只能隔着栅栏缝儿看父亲，我永远忘不了父亲呆呆站在那儿看我的神色。后来，父亲带着一身伤残被开除公职押送回家了，那是个中午，我正在山坡上拔草，听到消息扑回来，父亲已躺在床上，一见我抱了我就说："我害了我娃了！"放声大哭。父亲是教了半辈子书的人，他胆小，又自尊，他受不了这种打击，回家后半年内不愿出门。家政从政治上、经济上一下子沉沦下来，我们常常吃了上顿没有下顿，自留地的苞谷还是嫩的便掰了回来，苞谷棵儿和穗儿一起在碾子上砸了做糊糊吃，麦子不等成熟，就收回用锅炒了上磨。

　　在那苦难的两年里，父亲耿耿于怀的是他蒙受的冤屈，几乎过三天五天就要我来写一份翻案材料寄出去。他那时手抖得厉害，小油灯下他讲他的历史，我逐字书写，寄出去的材料百分之九十泥牛入海，而父亲总是自信十足。父亲冤案昭雪后，星期六的下午

他总要在口袋里装上学校的午餐，或许是一片烙饼，或是四个小素包子，我和弟弟便会分别拿了躲到某一处吃得最后连手也舔了，末了还要趴在泉里喝水漱口咽下去。我们不知道那是父亲饿着肚子带回来的，最最盼望每个星期六傍晚太阳落山的时候。有一次，父亲看着我们吃完，问："香不香？"弟弟说："香，我将来也要当个教师！"父亲笑了笑，别过脸去。

在贾氏家族里，父亲是文化人，德望很高，以至大家分为小家，小家再分为小家，甚全村里别姓人家，大到红白喜丧之事，小到婆媳兄妹纠纷，都要找父亲去解决。父亲乐意去主持公道，却脾气急躁，往往自己也要生许多闷气。时间长了，他有了一定的权威，多少也有了以"势"来压的味道，他可以说别人不敢说的话，竟还动手打过一个不孝其父的逆子的耳光，这少不得就得罪了一些人。为这事我曾埋怨他，为别人的事何必那么认真，父亲却火了，说道："我半个眼窝也见不得那些龌龊事！"父亲忠厚而严厉，胆小却疾恶如仇，他以此建立了他的人品和德行，也因此使他吃了许多苦头，受了许多难处。当他活着的时候，这个家庭和这个村子的百多户人家已经习惯了父亲的好处，似乎并不觉得什么，而听到他去世的消息，猛然间都感到了他存在的重要。我守坐在灵堂里，看着多少人来放声大哭，听着他们哭诉"你走了，有什么事我给谁说呀？"的话，我欣慰着我的父亲低微却崇高，平凡而伟大。

# 父亲和我

## 最初的力量

　　我出生成长在哈尔滨，这是一个美好的地方。尽管这不是一个经济发达的城市，但人们的幸福感很强。而哈尔滨给予我的，除了得天独厚的美好景色之外，更多的是人与人之间的情谊。

　　高中毕业后前往北京读大学那天，去火车站送我的亲朋好友一大群人，现在看来一定会觉得夸张，可在当时，这是习以为常的。

　　我至今还记得那个傍晚，离别的愁绪和涌动的情谊让我心潮澎湃，也成为触发我写第一首歌的动机。

　　由于我之前从来没有离开过家，刚上大学时，很不适应一个人独立生活，总是不停地想家，而盼望家信，则成为我校园生活里一个不可或缺的内容。每天放学，就在传达室信件堆积如山的桌子

上寻找自己的名字。其实每封信的内容大致相同，而我总是不厌其烦地读了一遍又一遍。家信中，除了嘱咐我努力学习和注意身体外，就是告诉我别怕花钱。那时候每个人的家庭情况大都差不多，不会太富裕，尤其是我们家里有三个孩子，抚养的过程像是在爬上坡路一样，多少还是有些费力。可是信中，母亲经常有意无意地透露，家里的经济状况很好，让我安心学习。

清华，对于一个普通家庭来说，相当于一份很大的荣誉，而这份因我而得的家庭荣誉让我觉得更有责任去守护它。这也是一个功课繁重的学校，尤其是我们电子系，更是以学习压力大著称。

三年级的时候，我开始厌学，心中竟隐约闪现了退学的念头，整天郁郁寡欢。记得有一天，我在宿舍里整理书信时，翻看了大一时家里的来信，那来自父母的满篇的喜悦与自豪还有信誓旦旦让当时的我羞愧难当，一时竟泪流满面。心想，我不能为难善良的父母，不能打消他们在社会生活中刚刚建立的自信，更不能让我的家庭布满愁云。我暗暗下了决心，我一定要坚持到毕业，拿到学位。回想起来，我应该感谢那些信件，感谢我的平凡而温暖的家庭，给了我最初的力量。事实证明，许多事情就是一念之差，许多结果也只有一步之遥。

## 在你离去的多年以后，我为你骄傲

当时我在大学经常演出，也写歌作曲，母亲担心这样会影响学业，信里写道："你现在还是应该以学业为重，不要老想着当歌星之类的，那些都是梦，不现实。咱家人都是老百姓，你要学一门技术，毕业找个好工作，要做一个对国家有用的人才，父母不指望你能出名挣钱。"她深知，靠唱歌为生有多难，因为我的父亲就是名京剧演员，她看到了从事艺术工作所付出的代价。

父亲是我见过的最老实善良的人，用当今的话说，就是完全无公害。记忆里，关于他最初的印象是在一个初冬季节，我猜当时我也就三岁左右。我记得我站在床上，父亲边给我穿棉裤边说："下雪了，冬天来了。"我至今还记得自己看着窗外鹅毛大雪从天而降的情景，那也是我对雪的第一次记忆。但这次记忆中，完全没有关于寒冷的感受。

几年后的一个寒冬，我常常在夜半醒来，发现父亲在写东西，有时还捂着胸口。我感到很奇怪。原来单位给许多演员都涨了工资，却没有父亲，据说是一个给领导送礼的人占了本属于父亲的名额，父亲在给上级部门写信投诉。由于心情不好，他的胃病犯了。我想，父亲在乎的不仅仅是几级工资的钱，还有一个演员对于职称的认可和艺术的尊重。那是我第一次感受到他的忧郁，至今还能记得他的表情。

这件事后来结果怎么样我已经不记得了，他的忧郁何时消散的也忘记了。普通人的家庭就像漂浮在海上的小船，随时来的风雨都可以让它摇摇晃晃，而对于我来讲，更多感受的是小船里的温馨。

初中毕业的时候我考上了市里面最好的高中，相当于中学里的清华。有一次父亲要随单位去俄罗斯演出，当天母亲让我去火车站送父亲，我感到有些意外。以前他出差时都是自己去车站，因为平时父亲的话不多，也从来不麻烦我为他做任何事情，后来才知道，父亲是想在同事面前小小地炫耀一下他的儿子。我还记得当时他们夸奖我时，父亲流露出的满足的表情，那时我真正意识到他为我感到骄傲。而我也同时发现他有些老了，和从前的那个神采飞扬的武生父亲略有差别了。我的心隐隐地收紧了一下。

记忆中我的父亲在我面前只流过两次眼泪，一次是有一年从北京放假回家时，我跟父亲说我给爷爷带了一件礼物，他告诉我爷爷去世了，我看到他流下了眼泪。还有一次是他得了癌症之后，要做手术，我和姐姐凑齐了钱去交费时，他感动得哭了，他说孩子们懂事了，给孩子们添麻烦了。这让本已焦虑的我心如刀割。

我把当时仅有的几万块钱全拿出来了，我意识到，有些时候钱是多么重要。随后他的病情每况愈下，生命的最后阶段，我送他回哈尔滨。火车上，他已经很虚弱了，每次去洗手间都要我搀扶或者背着他。记得当我背着他时，他说了句，原谅爸爸。那一瞬间，我强忍住了泪水。他太客气了，竟然对自己从小背到大的儿子客气，而我只是背了他几次而已。

父亲的后背曾是我最熟悉的地方，是童年的我常常在此睡觉的温暖天堂。我尽管看不到他的表情，可我知道那是我熟悉的表情，我深知这句简单的话里的含义，有内疚、有感激、有牵挂，更有不舍……当时我的歌唱事业没有什么大的起色，他一直担心我的生活。多年以后，我偶尔会想起这个场景，想起这句话，常常不能释然，就像落笔的此刻，我的眼泪又夺眶而出。

我曾经写过一首歌叫《父亲》，里面写道：你为我骄傲，我却未曾因你感到自豪，你如此宽厚，是我永远的惭愧。去年我重新

录制了这首歌，在最后加了一句：我终于明白在你离去的多年以后，我为你骄傲……我知道了，我为他感到骄傲的，是他对生活的隐忍和对家庭的忠诚。

如今，母亲如候鸟般往返于哈尔滨、北京和海南。每当我取得什么成绩时，她在高兴之余常常会说，要是你爸还活着该有多好。前些天，她在看我的电视节目，当我唱完一首歌，她一个人对着电视机激动得鼓起了掌，还连声喊道：好好好！她把这些当作有趣的事情告诉了我，听后我也乐了，可随后心里却涌出一丝悲凉。是啊，要是父亲还活着该有多好。

# 母亲的厨艺

18岁以前，我一直跟父母住在一起，吃母亲做的饭菜。我家的常备菜有三样：泡菜、卤肉、豆豉，都是母亲自制。

母亲常年经营着两个泡菜坛，一个是玻璃的，可以见到里面所泡的蔬菜品种：白萝卜条、胡萝卜条、淡绿的豇豆、鲜红的辣椒、嫩黄的姜芽、深紫的包菜……另一个是陶制的，从中可以搛出莴笋、青菜头、水萝卜皮……虽然母亲对淘气的我相当放纵，一般情况下管束得并不怎么严格，容忍我在家里关起门来当个孙悟空，但她那两个泡菜坛绝不许我靠近。

后来我就懂得，泡菜坛绝对不能沾一点油腥，也不能溅进生水，她填入食材、搛出成品各用一双长筷，平时都是晾干裹在纯净的豆包布里保存的，用时取出后要用开水烫过，并用白酒擦拭。

她进行相关的操作，仿佛是在执行一种仪式，颇有神圣感。有一回母亲视察泡菜坛，一声惊呼：咻呀，长白了！于是不得不将整坛泡菜抛弃，泡菜并不怎么可惜，可惜的是久经使用不断在原来基础上添加的泡汁，母亲重新配置泡汁，如何把握食盐、白酒的比例，体现出她超高的技艺，但新的泡菜，总需泡汁达到一定的成熟度，揀出来才能恰到好处地爽脆适口。泡汁即使没有生白坏掉，太陈旧也泡不出好味道，因此一年里母亲会几次倒换新的泡汁。真是泡菜坛中物，块块皆辛苦！

母亲还有一口颇大的砂锅，是专用来制作卤肉的。锅里的卤汁，最早的根源，据说是我家从重庆迁到北京不久就有的，我常见母亲把砂锅放在厨房灶眼文火煨炖，一旦微有沸腾声，便及时熄火，当然随着取食其中的卤肉，会再往砂锅里续进新汁，新汁是另锅炖出的肉汤，配以各种佐料，这样，总体而言，锅里的卤汁总保持着无可取代的陈年魔力。铁打的卤汁流水的肉，卤好的肉取出切片，放在盘中色泽鲜丽，未曾进口，已令人垂涎。都用什么肉来卤呢？猪肉、牛肉，都不带一点肥，另外的食材只取三样：猪心、猪肝、牛舌。

母亲还常年制作豆豉。干豆豉黑色，我家餐桌上四季常备油炒过的黑豆豉。特别值得一提的是水豆豉。水豆豉一般在夏季制作，母亲会在一个大细竹笸箩中，用大幅豆包布盖住煮熟的新鲜黄

豆，让其发酵，一两天过后，若掀开豆包布一角看去，不懂行的或许会吃惊：呀，长出霉丝了，这东西能吃吗？若掌握不住分寸，那真就不能吃了，但母亲总能在恰当的时候将产生出黏液的裂开的豆瓣取出，再加上盐、碎花椒、姜屑、芝麻大小的辣椒屑，制作成带水浆状态的食品，这就是水豆豉。母亲会把成品装进一个陶罐，每餐倒出一碗，放入一只汤匙，吃饭的时候，可以舀出来直接吃，也可以拌饭、拌面，或涂抹在馒头片上吃。水豆豉的外观，在杏黄色的豆瓣上，显现出许多芝麻大小的辣椒屑，十分可爱，而所发散出的气息，具有异香，令人胃口大开。

母亲制作的三种常备菜，是家庭亲情的凝聚物。父亲 1951 年参加赴湖南的土改工作队半年，回家后第一餐，就要求母亲搌出一大盘泡菜，母亲问："湖南不也有泡菜吗？"父亲答："那个自然，也很好吃，不过我今天就要吃你泡的，要横扫一大盘！"母亲问："原来你想念的只是泡菜！"父亲说："是呀！"说完他们相视而笑。姐姐考上了哈尔滨的大学，暑假回家，母亲要给她烧条鱼，姐姐说："不要！我只要咱们家的老三样！"果然，一盘泡菜，一盘卤肉，一小碗水豆豉，连主食也免了，吃完她三赞："爽死了！香死了！美死了！"

母亲好客。亲友们来了，总是留饭。有的亲友会说："您别麻烦了，咱们出去吃馆子吧，我请客！"母亲就总用一句话撑过去：

"哪个说的哟？"这句话用四川话道出最传神，含义很丰富，包括以下诸种意思：既来我家，当然由我招待；馆子里能有什么好吃的；别跟我争了，等着我的美食吧！凡在我家，享受过母亲厨艺的亲朋来客，都会得出相同的结论：确实比餐馆的还好吃，而且有特色！

父亲有两个同乡发小，都姓陈，一位陈伯伯是造纸专家，另一位是汽车发动机专家，他们一起从旧社会迈进新社会，互相关怀，互相勉励。大约每隔两个来月，星期日，两位陈伯伯就会来我家，跟父亲欢聚。他们三个聊完天，便一起玩叶子牌。他们玩牌的时候，母亲就在厨房中忙活，往往一个灶眼不够，还得另生一个小炉子，双管齐下，于是我也就明白，母亲的厨艺，亦是维系友情的胶带。那天我家会吃两顿饭，一顿在十点以后，都是母亲自制的成都小吃，父亲和两位陈伯伯喝红星二锅头酒。第二顿则要晚上六七点钟才开饭——午前虽然吃得饱足，到那时两位陈伯伯往往忍不住声明：饿了！饿了！他们点名要我家的老三样，好开始喝酒，晚上这顿他们喝烫好的黄酒。

曾有位姨妈，对我喟叹："你呀你呀，看你以后离开了家，还怎么吃得下饭哟！"事实也并未如她设想的那么糟糕，我 18 岁离开父母，独自生活，很快也就适应了公共食堂。当然，我会偶尔忆念起母亲的厨艺。梦中出现次数最多的，是一菜一汤。菜是夹沙肉，汤是酸菜豆瓣汤。

父亲爱吃西餐，母亲也就尝试在家里为父亲烹制西餐，记得她有时会为父亲制作西式土豆泥、酸黄瓜、腌甜菜，她烹出的罗宋汤，令父亲赞叹，说是比西餐馆的还好！我也就憬悟：母亲的厨艺，也是她和父亲爱情的延伸。1960年后父亲调到张家口解放军外语学院任教，那时候张家口是苦寒之地，加上遇到供应困难，一般家庭都觉得巧妇难为无米之炊。寒暑假我会从北京去张家口看望他们，惊讶地发现，母亲仍有施展厨艺的机会。部队供应比地方强些，有时会分到带鱼，那些带鱼都十分瘦薄，头尾剁掉后所剩无几，左右邻居都把鱼头剁掉抛弃，母亲劝阻了他们，并以身作则，将那些鱼头鱼尾烹制成酥脆味浓的下饭美食，分给邻居们品尝后，各家主妇纷纷效法，都赞真妙！那时父亲有黄豆的特殊供应，母亲制成豆豉，喝杂粮菜粥时佐餐，味道极好，也曾赠送邻居一些，皆大欢喜。

母亲将她的部分厨艺传给了嫂子、姐夫和我的妻子晓歌。上世纪末，一位后来成为华裔法籍剧作家画家的高先生，是我安定门居所的常客，晓歌烹制出的罗宋汤，令他一唱三叹："漂亮！漂亮！漂亮！"他就询问晓歌：从哪个洋人那里学来的？晓歌如实相告：是孩子奶奶教会的。

父亲去世后，母亲在我两位哥哥、一位姐姐和我家轮流居住。我们当然都不会再让她给晚辈做饭，但她往往技痒，还是要时不时露一手，但孙辈，比如我儿子，在吃了她烹出的菜后，会私下问我：

"你总说奶奶烧的菜好吃得不行，怎么我吃着也平常？"哥姐和我都心知肚明，那是因为母亲年事高了，她的视力、嗅觉、味觉都衰退了，烹饪时已经难以准确把握食材、火候、咸淡，但我们绝不对年迈的母亲的厨艺提出意见，我们吃下的，是养育之恩，是浓酽的亲情。

昨夜梦中恍惚又回到父母家中，我跟母亲说：又有新书出版，又有稿费到账，我请二老去便宜坊吃烤鸭！于是母亲那微笑的面容又呈现于眼前，而且分明听见了那句熟悉的回应：哪个说的哟！

# 母爱有灵

　　每个人都有自己的秘密，有些东西又可能是每个人的秘密。一个人独自饮泣总有那么一点私底下的感觉，尤其是对一个男人而言，这很可能成为他的一个羞于公布的秘密。

　　孩时的眼泪是不值得说的，因为它总是伴随着声嘶力竭的哭声，哭声里藏足了反抗和祈求，眼泪是不屈斗志的流露，也是缴械投降的诏书。当眼泪藏有心计时，眼泪已经失却了眼泪本色，变得更像一把刀，一手武器。但我似乎要除外。我是个在哭方面有些异怪和异常的人。母亲说，我生来就不爱哭，一哭喉咙就哑，叫人心疼。谁心疼？在那个爱心被贫困和愚昧蒙蔽的年代，唯有母亲。那是一个人人都在啼哭的年代，你哭说明你和大家一样，有什么可心疼的？我的怪异是，母亲说我哭大了就会犯病，手脚抽筋，口吐白沫，跟犯癫痫病似的，叫人害怕。所以只要我一开哭，母亲总是来跟我说好话，劝我，骗我，让我及时止哭。有一次，母亲不在家，父亲把我打狠了，我哭得死去活来，旧病复发，抽筋，并引发休克，人中被掐青才缓过神来。母亲回家知道后，拿起菜刀，把一张小桌子砍了，警告父亲，如果再打我她就把我杀了（免得我再受罪的意思）。那个凶恶的样子，让父亲都害怕了。

因为知道自己有这个毛病，不能哭，哭了要丢人现眼的，我从懂事起，一直在抑制自己哭，有泪总往肚里吞。吞不下去，捏住鼻子也要灌下去，很决绝的。灌上个一年半载，哪还要灌，都囫囵吞下去了，跟吞气一样。印象中，我从17岁离开母亲后，十几二十年中好像从来没有流过泪。有一次，看电影，是台湾的，电影名字忘了，反正电影里有首歌，唱的是：有妈的孩子像个宝，没妈的孩子像根草……电影院里一片哭声，左顾右盼，大多是泪流满面的，只有我，脸上干干的，心里空空的，让我很惭愧。后来我又看到一篇短文，标题叫《男人也有水草一般的温柔》，是歌颂一个男人的眼泪的，很是触动我。这两件事鼓动了我，我暗自决定以后有泪不吞了，要流出来，哭也行。于是，我又专门去看了那部台湾电影，我想说自己流一次泪。不行，怎么鼓励都没用，心里使不上劲，没感觉。

以后经常出现这种感觉，我心里很难过，希望自己哭，让泪水

流走我的苦痛。但屡试屡败，就是没感觉，找不到北！真的，我发现我已经不会流泪了，不会哭了，就像失眠的人睡不着觉一样，本来你应该天生行的，但就是不行了。也许，所有器官都一样，经常不用，功能要退化的。我的泪腺已经干涸了，死掉了，就像一个野人，不知不觉中身上已经失掉了诸多器官的功能。

死掉也罢！

可它又活转来了。

说来似乎很突然，那是1992年春节，年近三十的我第一次带女友回家探亲，第二天要走了，晚上母亲烧了一桌子菜，兄弟姐妹聚齐了，吃得热热闹闹的，唯独母亲一言不发，老是默默地往我碗里搛菜。我说，妈，我又不是客人，你给我搛什么菜。母亲什么都不说，放下筷子，只是默默地看着我，那种眼神像是不认识我似的。我随意地说，妈，你老这样看着我干吗？妈说，我是看一眼少一眼了，等你下次回来时，妈说不定就不在了。说着，又给我搛了一筷子菜。

这时我多少已经感觉到一些不对头，姐又多了一句嘴，说什么妈恨不得我把一桌子菜都打包带走，好叫我吃着她烧的菜想着她，等等。姐的话没完，奇迹发生了：我哭了，眼泪夺眶而出，嘴唇一松动，居然呜呜有声，浑身还不停地抽搐。这可把妈吓坏了，以为我老毛病又犯了，一卜像小时候一样把我揽在怀里，安慰我别哭。可却不像小时候一样管用，我泪如泉涌，止不住，声音渐哭渐大，最后几乎变成号啕了，身子也软透了，没有一点气力。一桌子人，谁都没想到我会这样哭，我哭得很没有分寸，一点章法都没有，很失一个成年人的水准。我想，那大概是因为我还没有学会哭吧。但起码，我已经学会了流泪，以至在以后很长一段时间里，只要一想起母亲的面容，眼泪就会无声地涌出。

就是说，我的泪腺又活了，是母亲激活的！

我承认，也许很多男人都要承认，我们在很长的一个年龄段里，心里是没有母亲的身影的，我们心里装着可笑的"世界"，装得满满的，傻乎乎的，把什么都装进去了，爱的，恨的，荣的，耻的，贵的，贱的，身边的，远方的，看得见的，看不见的，很多很多，太多太多，连亲爱的母亲也要可怜地被挤掉。等我们明白这一切都很可笑，明白自己原来很傻，错了，准备纠正错误，把母亲重新放回心里时，发现母亲已经老了，走了。走了，那你就后悔到死吧。我很感激上帝给我机会，让我有幸把母亲再次放回心里。

# 我的父亲母亲

## 一生中最大的憾事

前几年我每年都去看看母亲，但一下飞机就给办事处接走了，一直忙到上飞机时回家取行李，与父母匆匆告别。母亲盼星星、盼月亮，盼唠唠家常，却一次又一次地落空。

这次我还与母亲约好，今年春节我不工作，哪儿也不去，与几个弟妹陪她到海南过春节，痛痛快快聊一聊。我是彻底想明白了，要陪陪母亲，我这一生还没有好好陪过她。没想到终成泡影。

8号那天，我在伊朗接到电话，说我母亲上午从菜市场出来，提着两小包菜，被汽车撞成重伤。相隔千万里，伊朗的通信太差，真使人心急火燎。飞机要多次中转才能回来，直到深夜才赶到昆明。

回到昆明，就知道母亲不行了，她的头部全部给撞坏了，当时的心跳、呼吸全是靠药物和机器维持，之所以在电话中不告诉我，是怕我在旅途中出事。我看见母亲安详地躺在病床上，不用操劳、烦心，好像她一生也没有这么休息过。

我真后悔没有在伊朗给母亲打一个电话。因为以前不管我在国内、国外给我母亲打电话时，她都唠叨："你又出差了"，"非非你的身体还不如我好呢"，"非非你的皱纹比母亲还多呢"。我想伊朗条件这么差，我一打电话，母亲又唠叨，反正过不了几天就见面了，就没有打。而这是我一生中最大的憾事。如果我真打了，拖延她一两分钟出门，也许母亲就躲过了这场灾难。母亲在被车撞时，她身上只装了几十元钱，又未带任何证件，是作为无名氏被110抢救的。中午吃饭时，妹妹、妹夫发现她未回来，四处寻找，才知道遇车祸。这种悔恨的心情，真是难以形容。

我看了母亲最后一眼，母亲溘然去世。

## 困难时期我们家实行分饭制

我与父母相处的青少年时代，印象最深的就是三年困难时期。今天想来还历历在目。

我们兄妹七个，加上父母共九人，全靠父母微薄的工资生活。本来生活就十分困难，儿女一天天长大，衣服一天天变短，而且都要读书，开支很大，每个学期每人要交2—3元的学费，到交费时，母亲每次都发愁。我经常看到母亲月底就到处向人借钱度饥荒，而且常常走了几家都未必借到。

直到高中毕业我没有穿过衬衣。有同学看到很热的天，我还穿着厚厚的外衣，就让我向母亲要一件衬衣，我不敢，因为我知道做不到。我上大学时母亲一次送我两件衬衣，我真想哭。

高三快高考时，我有时在家复习功课，实在饿得受不了了，用米糠和菜和一下，烙着吃，被父亲碰上几次，他心疼了。其实那时我家穷得连一个可上锁的柜子都没有，粮食是用瓦缸装着，我也不敢去随便抓一把。

高考前三个月，母亲经常在早上塞给我一个小小的玉米饼，要我安心复习功课，我能考上大学，小玉米饼功劳巨大。如果不是这样，也许我就进不了华为这样的公司。这个小小的玉米饼，是从父母与弟妹的口中抠出来的，我无以报答他们。

上大学我要拿走一条被子，就更困难了，因为那时还实行布票、棉花票管制，最少的一年，每人只发0.5米布票。我家当时是2—3人合用一条被盖，而且破旧的被单下面铺的是稻草。没有被单，母亲捡了毕业学生丢弃的几床破被单缝缝补补，洗干净，这条被单就在重庆陪我度过了五年的大学生活。

我们家当时每餐实行严格分饭制，控制所有人欲望的配给制，保证人人都能活下来。如果不是这样，总会有一两个弟妹活不到今天。我真正能理解活下去这句话的含义。

## "文化大革命"前后的父亲母亲

父亲任摩逊，尽职尽责一生，充其量可以说是一个乡村教育家。母亲程远昭，是一个陪伴父亲在贫困山区与穷孩子厮混了一生的普通得不能再普通的园丁。

父亲是穿着土改工作队的棉衣，随解放军剿匪部队一同进入贵州少数民族山区去筹建一所民族中学的，一头扎进去就是几十年。

父亲在北京上大学期间，是一个热血青年，参加学生运动，进行抗日演讲，反对侵华的《田中奏折》，还参加过共青团。全国掀起抗日高潮时，父亲在同乡会的介绍下，到广州一个同乡当厂长的国民党军工厂做会计员。由于战争的逼近，工厂又迁到广西融水。其间，父亲与几个朋友在业余时间开了一个生活书店，卖革命书籍，又组织一个"七七"读书会。

父亲这段历史，是"文化大革命"中受磨难最大的一件事情。他被揪出来关进牛棚，受尽了百般折磨。

1967 年重庆武斗激烈时，我扒火车回家。因为没票，还在火车上挨过上海造反队的打。半夜回到家，父母来不及心疼，让我明早一早就走，怕人知道，受牵连，影响我的前途。父亲脱下他的一双旧皮鞋给我，第二天一早我就走了。我当年穿走父亲的皮鞋，没念及父亲那时是做苦工的，泥里水里，冰冷潮湿，他更需要鞋子。现在回忆起来，感觉自己太自私了。

母亲其实只有高中文化程度，她要陪伴父亲，忍受各种屈辱，成为父亲的挡风墙，又要照顾我们兄妹七人，又要自修文化，完成自己的教学任务，个中艰辛，只有她自己知道。

父亲在粉碎"四人帮"后不久平反。党组织让他去做校长，我为老一辈的政治品行自豪。他们从牛棚中放出来，一恢复组织生活，都拼命地工作。他们的精神值得我们这一代人、下一代人、下下一代人学习。

父亲直到1984年75岁才退休。1995年父亲在昆明街头的小摊上买了一瓶塑料包装的软饮料，喝完后就拉肚子，一直到全身衰竭去世。

现在看来，物质的艰苦生活以及心灵的磨难是成就我们后来人生的一种宝贵财富。我主持华为工作后，我们对待员工，包括辞职的员工都是宽松的，我们只选拔有敬业精神、献身精神，有责任心、使命感的员工进入干部队伍，只对高级干部严格要求。这也是亲历亲见了父母的思想改造过程，而形成了我宽容的品格。

华为的前几年是在十分艰苦的条件下起步的。这时父母、侄子与我住在一间十几平方米的小房里，在阳台上做饭。他们处处为我担心，生活也十分节省。

　　华为有了规模发展后，管理转换的压力十分大，我不仅照顾不了父母，而且连自己也照顾不了，我的身体也是那一段时间累垮的。我父母这时才转去昆明我妹妹处定居。我也因此理解了要奋斗就会有牺牲，华为的成功，使我失去了孝敬父母的机会与责任，也销蚀了自己的健康。

　　回顾我自己已走过的历史，唯一有愧的是对不起父母，没条件时没有照顾他们，有条件时也没有照顾他们。

　　父亲，母亲，千声万声呼唤你们，千声万声唤不回。

　　逝者已经逝去，活着的还要前行。

# 让母亲站起来

陈 彦

## 彻底瘫痪

母亲患有脊椎结核，已经十几年了。十几年前她就老喊腰痛，但一直以为是劳伤，只请人按了按摩，吃了些中草药，稍有缓解，就不了了之了。其实，母亲的结核病变已相当严重，必须立即实施手术。于是，母亲便经历了人生"刮骨疗毒"的第一刀。这次手术让母亲备受煎熬，只做掉了部分压迫脊髓的死骨，就让她躺倒在床上半年多难以下地。

新千年到来不久，母亲的脊梁彻底垮塌了下来。当家兄打电话来告诉我时，母亲已瘫痪好几天了。他在电话里说："妈的腰这回是彻底不行了，卧在床上动都不能动，并且痛得受不了，还拒绝治疗。几乎所有的亲戚朋友都来劝说动员过，但她连到医院去检查一下都不配合。她说她已经让这个腰折磨够了，再不想活了，要我们抓紧准备后事，她在床上再躺一段时间，让我们再尽尽孝道……她就走了……"兄长说得泣不成声，我放下电话，就急忙离开西安，踏上了茫茫陕南山道。

这次彻底躺倒，虽早在我们预料之中，但没有想到会这么快。我每每往床边一坐，她就说："想跟妈妈拉家常了，你就坐下；想劝妈再进医院了，你就出去。这个冤枉钱不能再花了，妈也确实受不了了……"

我不知多少次近距离端详过母亲，然而从来没有像这一次这样伤感，母亲是真的被病痛折磨得命如游丝了。她的脸颊在慢慢脱水、变形；眼眶也点点凹陷；本来花白的头发，已全然银白，完全不是一个 58 岁人的生命状态。

这天晚上，我和兄长静静坐了半夜，两包烟都抽完了，仍拿不出新的方案。因为这事不能勉强，母亲如果不配合，强行往医院拉，搞不好会使她的腰部受到更大的挫伤。

这件事最后是伯叔兄长陈训做了决断："打一针大剂量安定，等她睡迷糊后抬上走！"伯叔兄长是医生，又是县医院副院长，我们便一切听他的安排。很快，母亲便在"止痛针"的欺骗中，呼哧打鼾睡着了。我们把她一溜烟抬下楼，抬上救护车，送进了县医院，等她醒来时，一切检查都结束了。尽管她觉得受了愚弄，但面对儿子的孝心，也不好再说什么。

## 找到希望

　　所有会诊结果，都令人十分沮丧。连非常专业的大医院的专家，都判定已错失手术良机，爱莫能助。我抱着一线希望，来回穿梭于一些医疗机构的楼上楼下，双腿如灌铅一般沉重。当听到一声

声冷酷的判决，心情更是重于坠石。终于，在解放军第四军医大学西京医院，找到一位著名的骨科教授，看完片子后说还有手术指征。

第二天一早，我就急急忙忙去了西京医院。这位教授名叫王臻，四十出头，但已是军内骨科权威。王臻教授一边调着电脑里的资料，一边对着我母亲的腰椎CT片说："这么严重的腰椎结核病变，我见到的还是第一例。现在必须进行腰椎置换术，就是把死骨全部清除，换上人工椎体，不然你母亲可能从此就彻底瘫痪了。"

"换了人工椎体，能让她站起来吗？"我急切地问。王教授几乎不假思索地说："可以，只要手术不出意外，老人以后的生活是可以自理的。就是手术材料相当昂贵，像这么严重的病情，恐怕得用世界上最先进的，不然将来再造成内固定断裂、人工椎体脱落，麻烦就更大了。"我当时压根儿就没有问价钱，心想只要能让母亲站起来，即使倾家荡产，也在所不惜。我很快将情况通报给兄长，兄长跟我是完全一样的心情：只要手术能做，即使负债，也得先把母亲从煎熬中解救出来。

一切都在有条不紊地运作、铺排着。兄长在那边继续做母亲的工作。亲戚朋友们也持续进行着"车轮战"。终于，母亲看胳膊拧不过大腿，更是看着兄长和我为此奔波忙碌得可怜，到底还是放弃了自己的坚持。

# 特大手术

手术选在镇安县县医院做，这是母亲一再要求的。一来在家门口，二来人都熟。加之镇安县县医院的骨科技术在全省县级医院中处于领先水平，因此王臻教授同意赴镇安担任主刀，县医院院长、骨科专家马彦绍和其他几位骨科骨干担任助手。很快，母亲的第二次手术，便在一个多月的艰难准备中，进入了最后的实施阶段。手术那天，母亲的精神状态令教授非常满意，一向痛苦不堪的她显得特别平静，甚至谈笑风生。她不停地对我们说："妈是一颗红心，两手打算。活着抬出来了，就好好活；死了拖出去了，你们也算是尽了孝心。"

兄长颤抖着双手，在签完了"手术可能导致病人死亡或各种后遗症"的"生死契约"后，我们一一与母亲捏了捏手。随后，母亲便被几位穿白大褂的人送进了手术室，时间是上午八点半。紧接着，一场比炮火硝烟的战斗更惊心动魄的手术便开始了。这是一个特大手术，在镇安县县医院的历史上尚属首次，在全省据说也不多见。教授要求录下手术全过程，因此县电视台的工作人员也在里外奔忙着。

术前王教授曾讲，这个手术最大的危险在于有撞破脊椎动脉血管的可能，一旦撞破，病人很可能就会死在手术台上。因此，每当护士出来要血时，我们便会冒出一身冷汗来。好在手术终于在下午三点多顺利结束了，当王教授笑吟吟地从手术室走出来时，我们当即百感交集地迎了上去。王教授说："手术进行得很彻底，把里面的死骨和脓肿全部清除了。你母亲是一个非常顽强的人，骨头已经被结核侵蚀呈蜂窝状了，用一个形象的比喻，腰部整个成了'豆腐渣工程'，能坚持到今天是个奇迹。这下你们放心好了，手术用进口钛金椎体连接住了完全取掉的二、三腰椎，她会跟正常人一样站起来的。"

我和兄长都无比激动地哽咽着，什么话也说不出来。很快母亲活着从手术室里被推出来了……

# 母亲的 1949

## 部队的回信

1949 年，继东北的全境解放和济南战役的胜利，中国人民解放战争进入了最后决战阶段。母亲最盼的就是淮海战役的胜利。她知道，父亲的部队就集结在那里。

抗日战争胜利后，新四军北移山东。父亲的部队就是从家乡出发北上的。母亲抱着一岁多的我，拉着三岁多的姐姐送别父亲，父亲说："我们少则三年，多不过四年就会打回来。"母亲一算，差不多就快三年了，北边的仗节节胜利，现在部队终于南下了。盼的就是部队路过时，父亲能抽空回家来看一看。

春节过去了，元宵节也过去了，过境的队伍走了一批，又迎来一批，只是不见父亲，也无信来。母亲心里有点失落，试探着问祖父，是不是给父亲发封信？祖父说，行军打仗，居无定所，邮差哪里赶得上！于是，盼望慢慢地变成了等待。

父亲仍无半点音信。母亲心焦，不敢多问，只是默默地等待。祖父终于也坐不住了。以前，打了胜仗，常常便会收到父亲的来信，三言两语，传个喜讯，报个平安。为何这次半年多了，竟无一点音信？有一种不祥笼罩心头。他磨墨，铺纸，提笔，写信，不是给父亲，而是给父亲的部队。

又是漫长的等待。9月初，终于收到部队的回信，准确地说，是一份公函：


### 中国人民解放军 23 军后勤部政治处信笺

兹有本部医务员孙玉美同志于本年一月二十日在山东峄县为特工枪杀。希我地方政府予以烈属优待为荷。

此证给孙烈士家属存执

部长王勋

副部长陈耀汉

政委李华楷

主任彭启

八月二十四日于嘉兴

父亲的部队是由新四军改编的中国人民解放军华东野战军第四纵队，纵队的司令是著名的战将陶勇。淮海战役 1 月 10 日结束，2 月即父亲牺牲后不久，华野四纵在统一整编中，改为中国人民解放军 23 军，军长仍由陶勇担任。后勤部部长王勋，原名毛泽全，湖南湘潭人，也是新四军的老人，父亲的老领导。这份公函由他领头，后勤部全体领导逐个署名。

## 母亲的恳求

县里指示，先从公粮里拨点粮食作为抚恤。1949 年收成不好，粮食紧缺，也算是雪中送炭了。二叔，按家乡习惯我们称他小爷，持着镇里开的条子到粮库领粮，粮库主任拉着小爷说："你来看！"转了一圈，所有粮仓都是空的。主任说："百万大军渡江，需要多少军粮啊！上面早就打了招呼，苏南是新区，虽是鱼米之乡，一下筹粮太多，担心影响不好。苏北是老区，群众基础好，征、借结合，多做点贡献。"小爷无言以对。主任叹口气，对小爷说："你先回去，我再想想办法。"

第二天，主任果真派人送来两袋杂粮。这粮五颜六色，大凡地里种的品种，差不多全齐了。送粮的人说："主任带着我们，把所有粮仓的底儿扫了一遍，又是筛又是扬，个个搞得灰头土脸。"母亲含泪道谢。

待粮库的同志离开后，母亲把祖父祖母和小爷请到堂屋，郑重其事地说："这粮连着一条人命，我们一粒都不能动。恳求爷爷做主，还是换成路费，去山东把人接回来吧。往后的日子不容易，把他接回来，今后，有一堆黄土守着，一生也就不至于太孤单了。"对于母亲的恳求，祖父当即同意。

## 峄县寻亲

峄县现在是山东省辖市枣庄的峄城区，我们家到山东枣庄，公路距离 250 公里左右。小爷年轻，祖父又让一位我们叫他三爷的远房伯父同行。两人日行夜宿，四五天便到了峄县。

找到县政府，接待他们的是一位年轻同志，人很热情，但态度坚决。他说，淮海战役，我们部队牺牲多少人哪！如何安排，上面自会考虑。但凡把命丢在我们峄县的，我们就要世代供奉。县委已决定要筹建烈士陵园，因此，你们不能搬迁。

同去的三爷经事多，有见识。他把我们家的情况说了一通，再三恳求道："上有年迈的父母，下有少妻孤儿，活要见人，死要见尸。搬不回去，说不定又得出人命哪！"负责接待的同志面有难色，但也同情，说了一句："这是大事，需要请示。你们明天再来。"

次日，小爷他们早早就到县政府的门口等着。时间不长，那位接待的同志也就到了，他说："领导同意啦！具体两条：一是立即派人协助寻找烈士掩埋地点；二是选派两个身强力壮的民工，把烈士送回江苏老家。此事算出公差，自带干粮，莫收烈士家属的钱物。"

寻找墓地并不容易，因为大战以后，双方战死者，数以万计。掩埋的坟堆散于遍野。幸亏县里派的那位向导有经验。他又详细询问了一遍牺牲的时间、地点等细节，便有了主意。他说，仗都打完10天了，出了这种事，眼见耳闻的人自不会少，还是先找人打听吧！这一招立马见效。山东峄县的党政机关在峄城，峄城比邻就是枣庄，据说，当年华野四纵的野战医院就在枣庄附近。他们赶到枣庄，很快打听到，墓地在枣庄南边，一个菜园的旁边。

他们出了枣庄，再走不远，就见土坡上有一片菜园，园里有两间草屋。他们刚走进园内，屋里便出来一个30岁左右的农家妇女，身后跟着一个七八岁的女孩。山东的向导连忙上前打听。"那俺问你们，死的人叫啥名字？做啥事情？多大年纪？老家在哪里？人是咋死的？"大嫂甚是警觉，连连发问。"孙玉美，部队上的医生，26岁，江苏泗阳人，被敌人打了黑枪。"三爷凑上前去，一一作了回答。大嫂扯起衣袖，揩了揩眼睛，说："走，俺领你们去。"途中，大嫂解释道："部队上嘱咐过，孙医生的墓，托付给俺好生照应着点。"她还说，"这么大的仗打赢了，死的不说，伤了多少人

哪！不分昼夜地抢救，医生累得都快吐血了。救了那么多人的命，自己的命倒丢了！"

　　到了墓地，一个土堆前面立着一根碗口粗的木桩，书写"孙玉美烈士之墓"以及籍贯、生卒年月等。小爷扑倒墓前，喊声"哥啊"，便泣不成声。回到家后，留山东人吃了饭，给路费坚决不要。母亲将提前准备好的一摞烙饼交给他俩当作干粮。两人还是执意不收，只是说："俺带着干粮呢。"说罢，在父亲灵前磕头拜别，便匆匆踏上了归程。

# 入土为安

终于，棺木下地，入土为安。丧事完毕的当天晚上，母亲对祖母说："妈，你把两个孩子带开，我心里憋得慌，想哭一场，别吓着孩子。"祖母明白，只是说一声"乖儿，心放宽！"就把我和姐姐往外带。没走多远，只听"哇"的一声，惊天动地。

不知过了多久，房内哭声渐渐地缓了下来。奶奶才把我们送了回去。母亲将我和姐姐搂在怀里说："爸爸走了，今后的日子会艰难些，别怕，有妈呢！你们还小，一天一天便会长大。你们要听妈妈的话，和妈妈一起，挺起腰杆往前走。吃苦不叫苦，轻易不求人！"

父亲安葬后不久，镇上的领导又来看望。同行的还有那位粮库的主任，他这次带来两袋优质的小麦。而镇长带来的是最为激动人心的消息：10月1日，新中国成立了。

1940年父母结婚，那年，父亲17岁，母亲18岁。1942年父亲参加了新四军。母亲说，就是这一年，她平生第一次有了自己的名字——刘英，是父亲给她起的。母亲于2018年2月9日去世，享年96岁。

# 美国离长沙隔一条河

刘文华

那年，父亲病重，得知孙女拿到了国外大学的通知，已经岌岌可危的他躺在竹椅上，居然吃了小两碗饭，激动的程度可想而知，以至大家认为他还可延长寿命，姊妹间奔走相告，只有母亲默然。没过多久，父亲去世，正在上大学的孙女坐飞机回来，送爷爷最后一程，神情哀伤，难掩悲痛，这是她人生第一次面对亲人的生离死别。

女儿在城里出生、长大，与乡村距离遥远。记得她一岁多，随我们返乡过春节，绕着旧屋走了一圈，数着她认识的动物，狗啊、猪啊、鸡啊、鸭之类，然后满意地走到屋前的坪里，歪着脑袋对我说："老爸，爷爷奶奶家还有别的动物吗？"她把这当动物园在游玩，惹得一家老小都笑哈哈。到了晚上，她居然嫌弃被子旧了，

非要新被，哭闹着要回城里外婆家，记得父母当时一脸的无辜、束手无策，不断地在哄着她，直到打通外婆家的电话，让她与外婆对话，才慢慢平息下来。或许因为哭累了，她勉强就着旧被子睡下了。夜深了，我和老弟在屋前抽烟，他轻轻地叹息，说：侄女在城市长大，恐怕以后跟父母、姊妹们难得亲近，疏远了。我当时怔然，也不晓得如何安慰他。

为此，在女儿上小学时，我们还专门接父母来城市住了一学期，每天接送她。私底下，极想父母与她的感情加深，然始终不如法（方言：如愿）。女儿喜欢在她自己的房间里看书、写作业。我母亲时常殷勤至极，总要直接闯进去，问她喜欢吃什么，干扰她的阅读，女儿曾因此向我们投诉。我劝过母亲不要去问她，免得孩子嫌弃而生分。说了过后，父母总是小心翼翼，轻易不敢去问她，怕孩子生气。我们每天上班，不知道父母和女儿相处的细节，只是有一天，女儿说她奶奶是我们家的打工妹时，母亲不以为忤，反而兴奋得不行，连说我就是打工妹啊，在心里，我反而不好意思了。

待了半年，父母说困在鸟笼子里，整天盯着墙上挂的钟，数着分针、时针，转啊转，害怕时间紧迫，耽误接送孩子以及孩子午休，很想回乡下去了。同时，父母在陌生环境下，说一口方言，楼上楼下的人都无法接触，甚至去买东西，几次因语言受阻，无法达到顺畅的效果，那种尴尬，我初去上大学时也遭遇过，非常理解父母的难熬。我知道，在乡下广阔的田野上劳作，虽然辛苦，但他们痛快；日常与乡亲交道，七嘴八舌，都是你说上一句，下一句大家都心知肚明，在方言里共通，流利而闲适得多。还有，父亲喜欢在屋前面的河里钓鱼，可以一钓一整天，那份优哉游哉，是无法比拟的。其实朋友曾邀请父亲去钓过几次，他嫌弃池塘里的鱼是买来喂的，煮来口味差很多，而无家乡河鱼那么鲜美。

父母回乡时跟我们说，不是不替我们带孩子，而是太苦闷，家里的田土荒废了，也可惜。他们有他们的道理，我也不能强留。送他们去车站的路上，父母只说以后进城待几天，可以；长时间的住居，不可能。我明白他们的意思。

尽管每年春节，我们都要带着女儿回乡拜年，内心里还是担忧，女儿由外公外婆带大，与父母有一层隔膜。后来，她慢慢长大了，知根知底，每次回去看望父母，都能相处融洽，跟姊妹及她们的孩子亦好。直到她考上省重点中学，我们都很高兴，接到通知的那天晚上，她一个人走进我的书房，主动跟我说："我考上了，想回乡卜去，告诉爷爷奶奶这个好消息，也好祭祖，禀告列祖列宗。"那晚，我突然感觉孩子长大了，懂事了。顺此，我们陪孩子回乡下去了，父母自然高兴，逢人就叙说此事，满院子的长辈们非常认可此举，以为榜样。女儿上大学、出国留学都如法炮制，而女儿真正确定去美国读研究生时，父亲去世了，看不见了，母亲抱着一大堆鞭炮，一直放到庙门，放出院子才罢休，院子里的乡亲们都来旁观，母亲笑得合不拢嘴，我记得那是她最开心的一次。

母亲曾自豪地说过，别看我人长得不咋地，可我培养出两代重点大学生。这回，又加上孙女要去美国留学读研，那更不得了。其实，女儿在大学期间，去美国加州大学伯克利分校学习过一个月，而我因缘际会，曾去过不少国家。我们父女每次出国，都会带些零食和滋补品回来给他们，这些食品袋和滋补品的罐子母亲常常舍不得丢，整齐地堆在一角，每次人家来看父母，他们都要拿出来炫耀一番。

　　待到女儿去美国之后，母亲突然罹患重症，接到消息，我真的有五雷轰顶之感。

　　眼看母亲一天天地憔悴下去，痛苦难耐。清醒时，就叮嘱我，不能叫孙女回国看她，更不能把患病的消息告诉孩子，免得影响她在美国的学习和生活。神志模糊时，她就跟我说，美国不远啊，离长沙就隔一条河。我明白母亲矛盾的心情，乃至弥留之际，她眼睛一直盯着门口，生怕孩子回来，她没见着啊。

　　母亲走了。第二年，我们赴美参加女儿的毕业典礼，待了近一个月，女儿陪着我们到处旅游。在拉斯维加斯，她突然问起奶奶，我说奶奶离世了，她一下子没反应过来，急切地说："你们当父母的经常说假话，爷爷奶奶病了，也说好啊，就是不让我知道实情。"我当时眼泪都下来了，告诉她奶奶的叮嘱，奶奶病重和去世都不能告诉你啊。她听着听着，难以抑制，在酒店的走廊上大哭起来，先站着，后蹲着，再坐在地上哭，悲痛不已，晚餐都没有吃。待她停止哭泣，我领她朝着东方，给奶奶鞠了三个躬，遥相祭拜。孩子毕业后回国，她头一件事，返回乡下在爷爷奶奶坟前烧香、磕头。

等到女儿举办婚礼，叔叔、姑姑们还专门开车到乡下去祭拜父母，禀告孩子成家的消息，并求得老人们的保佑。

一条河，在父母的言语里有很重的象征意味。只隔一条河，是地理概念，是不远的距离；也是心理概念，河对面仿佛是神圣之地。而现在，我们离父母确实隔一条河，我们在这边，他们在那边。

# 月季天使之吻

　　母亲病重了，整个春天我都没时间去园子。到 5 月末尾，再不看花，春天盛放的月季就老了，所以无论如何抽空去了园子。

　　每一朵月季在精气充盈的春天都是美的，可其中有些美不胜收。月季天使之吻就是那样的花中之花，怎么看都完美。

　　那天回家，我师父特意剪了一些花给我，其中就有月季天使之吻。

　　回到家里，就找出各色花瓶来养花。也许是离开了百花盛放的月季岛，带回来的花，在寻常的家里美得令人心惊肉跳。

　　马上就去医院看望母亲，特意把那朵天使之吻装在墨绿的小玻璃花瓶里带给她。母亲一直都是喜欢花的，她的阳台上总是养满了花的。可现在母亲正在病床上苦苦捱着，都没精神睁眼睛。我将那温柔的粉色大花养在心脏监护仪旁，护士医生们路过，都大声

对母亲说，"啊，奶奶，你的花真好看呀！"母亲不愿意接受这样无法镇痛的安慰，她就无声地、赌气地合上眼睛。

又一个早晨，我进病房，护士不在，只有妈妈自己。一团带着酒精气味的空气驻留在她的病床上方，好像一粒缓释胶囊。她睁大眼睛看着花，全然没有了从前看花的欢喜，就像望着月亮的小狗一样困惑不已。

天使之吻在病房里开不久，它谢去后，母亲也谢去了。

# 难忘的姨娘

林海音

## 楼下的小猫儿

姨娘在楼下，不知道在跟谁说话。她说："怎么这么没记性？跟你说别爬上去玩水仙花儿，就是不听话！要喝水跟我说呀！水仙花盆里的水，也能喝？"

听她的口气，好像是在跟一个淘气的小孩子说话，那是很可能的，因为她有很多淘气的小孙子。孙子们虽都叫她"二奶奶"，但跑到二奶奶房里去，爬上了硬木八仙桌，去玩弄桌上摆着的那盆水仙，被二奶奶赶了下来，并且挨了一顿骂，这种现象是不会发生的，因为有哪个孙子能够这么放肆呢？她也不会骂任何孙子的，即使是用像这样亲热的口气骂。她总是跟大家客客气气的。客气可不是亲热，客气是一道幕，距离虽近，但亲热不得。

姨娘又说话了，溺爱的声音，话不是从嘴里说出来的，简直是从鼻子里挤出来的。她说："来吧！来吧！瞧瞧，今儿个是猪肝拌饭。（一阵筷子敲着碗边的声音）看你吃完了还玩老爷子的水仙，我不要你小命才怪！"

这回我听出来她是在跟谁说话了，她是在跟小花儿说话——一只玲珑的小花猫。

姨娘对待畜生那样过分人格化的情形，也真叫人看着肉麻。她吃饭，小花儿就卧在她的怀里，等候着她的饲喂。早晨的牛奶，总要在杯底剩下两口给它舔。她和公公一起吃饭，小花儿当然也参加，她还特别安慰小花儿说："今儿个你可有好的吃喽！"又转向公公，"老爷子，吃鲫鱼可要给我们把鱼刺留下呀！"

然后，公公刚吐出来的刺，她就连忙拿过来，放在自己的掌心上，让小花儿在那上面舔着吃。

当然有人把这些情形从公公和姨娘住的楼下，带到婆婆住的北房堂屋里。婆婆知道了，冷笑了一声说："嘿！这个老爷子现在跟畜生一桌吃饭啦！"

有鲫鱼和火腿这类好菜，差不多都是婆婆特别烧了给公公送过去下饭的。我们是大家庭，却是合住分炊。公公和姨娘是一份，婆婆带着未婚的儿子们一份，凡是结过婚的儿子们，又各抱房头。婆婆一生不懂得丈夫究竟官做到多大，钱赚了有多少，她只知道要使丈夫儿女吃饱穿暖。

婆婆也恨公公，恨他在和她生了九个儿女之后，又娶了一房姨太太！可是她仍然不忍心，煮了美味的家乡菜，总要把头一份给公公送过去，明明知道她的情敌也坐在桌旁享用。

## 一生就做错了这么一件事

公公在沉痛之下，曾对儿子们说："我一生就做错了这么一件事，对不起你娘。"他又解释说："我不过是为了和朋友赌一口气。"

但毕竟姨娘还是公公的爱妾吧，她18岁就跟了公公，还是一个完美无瑕的大姑娘。公公究竟是和哪个朋友赌的气？那经过是怎么回事？家里没有人知道。当年的公公，是个风流潇洒的才子，宦海得意，他接姨娘建筑"爱巢"，最初是在城南的贾家胡同。在那个时代，有个一房两妾，不算什么，但是在我们这个古老的读书人家庭，就显得突出些。因为他的姨太太，不是那种丫头收房，或买来一个贫苦人家的姑娘，而是娶的当时城南游艺园里唱老旦有名的坤伶林曼卿。

在她的五斗柜上，立着一个8寸的镜框，里面照片中的人，穿着男装，是姨娘的林曼卿时代。三块瓦的皮帽，长袍是一件琵琶襟的坎肩，后面却拖着一根松松的长辫子。这是民初坤伶流行的男装，像制服似的，几乎每个坤伶都是这样穿的。姨娘把它摆在柜子上，想必是她心爱的照片，也许是她对当年短短舞台生活的一点纪念。可是她自从跟了公公以后，洗尽铅华，不要说绝口不提她的舞台生活，就是连哼也没哼过一句戏词儿！如果有人要说出"坤伶"两个字，都会犯忌讳呢！在她的面前，我们说话真是要小

心又小心。倒是有一次我下楼来，听见她在随口哼哼，但哼的是青衣。

在我们那个旧家庭里，身世的重要，远超过金钱。我想姨娘也是为了这，才死心塌地在跟了公公以后，就把唱戏的一段过去整个埋葬了。她不但要让别人忘记，也要让她自己忘记，所以才这样做吧？

她曾经洗砚研墨，跟着公公学字学诗，也风雅过几年。我不以为公公所说的"我一生就做错了这么一件事"是一句由衷的话，我想她仍然是公公的一个爱妾，只是公公在老妻和那么一大堆儿子面前，不愿过分表现对她的情意就是了。然而，从公公的许多诗词文章中，字里行间都有和姨娘的爱情的履痕屐迹在啊！公公在文中多称姨娘为"曼姬"，他偶然也提到婆婆，他管婆婆叫"健妇"。

## 携曼姬游

公公北伐前在关外做官的那个时期，该是姨娘最风光得意的年代了。她跟着公公在关外逍遥自在地住了几年，上头没有"大"，底下没有"小"，她是唯一的一个。姨娘省吃俭用，舍不得花钱，"抠门儿"得出了名，有几箱子皮货，都是当年在关外得来的。东北物产丰富，公公也时常给家里带来许多贵重的东西，像阿胶、人参什么的，无非都是官场上人家送的礼品罢了。婆婆的箱子里，也有一些皮子，无论是灰背或脊子，狐腿还是狐筒子，全都是陈旧穿了几代的传家宝，哪像姨娘的那些皮货，那么油亮轻软哪！

北伐成功，新的时代开始，公公自宦海隐退，享受他的晚年了。以诗曲娱余年，又有曼姬陪在身边，该是一大乐事。公公每年回一趟金陵故居，都是曼姬相伴。携曼姬游秦淮河、游虎丘，也都有诗文记载。

## 过继一个儿子

在我们还没结婚前，我就听说公公要没有子嗣的姨娘从婆婆那儿立一个儿子。婆婆有本事，一连生了八个儿子，姨娘选中了老七。老七的性格很大方，不拘小节，也不计较别人，容易相处。姨娘看中了这一点。儿子说是过继给姨娘，还不仍是婆婆的！公公为了哄婆婆，说得好："她手里有些什么，立了儿子，将来还不是夏家的？"

婆婆撇着嘴说："嗤！儿子我有的是，要拿就拿去嘛！"可是心里实在老大地不愿意，没有理由，是莫名的酸气在作祟，要闹一闹就是了。

为了儿子和新媳妇要在客人面前公开给姨娘叩头的问题，惹翻了婆婆和姨娘。姨娘说："儿子我不要了！"婆婆说："我收回来就是！"中间难为了公公和新媳妇。因为订婚的时候，新媳妇已经接受了由姨娘出资买的贵重首饰，现在要她再接受婆婆的命令不许叩头，可叫她怎么办呢？最后还是新夫妇偷偷到姨娘房里去叩头了事，但是已经种下了不愉快的根。

婆婆常把另一件小事告诉人："她当年进门来时，跟我商量说：我就管你叫姊姊，你就叫我妹妹吧！可是我没答应，说这样太麻烦，我不会姊姊妹妹的叫！"

当然，姊妹相称可以提高姨娘的地位，婆婆怎么肯呢！也由此可见，无论在外表上看起来，姨娘是怎样地得宠，但在这以婆婆为主的40多人的大家庭里，她实在是孤立的。

姨娘的娘家，父亲是早就没有了，哥哥我们从来没见过，倒是她的老母亲，被称作"林老太太"的，有礼貌上的来往。

每年三节两生日，林老太太会来应酬应酬的。她七老八十了，步履安健，是个十足的旗人老太太。公公婆婆的生日，每年都会有亲戚来拜寿吃晚饭，但是林老太太来临的时间在上午10点。如果是公公的生日，她就说："给姑老爷道喜啦！"如果是婆婆的生日，她就说："给寿星道喜啦！"然后，她独自在堂屋里，吃着厨房早就准备好的一碗寿面。午前就完成应酬，提前回去了！

这就是一个因身份不同而安排的不同待遇。因为如果林老太太下午来了，到晚饭时候，在许多亲戚中间，是没有办法安排她的席位的。

姨娘和所谓她自己的儿媳妇，并没有相处得很好，因此她对本来应当像她自己孙子一样的老七的孩子，反倒更客气，更没感情。

后来的几年，她显得那么消极，在楼下躺着养病的日子，就听见她和小花猫儿说话。她躺够了，就起来收拾收拾，回到她的老母亲那里住住。生活没有那么整洁了，因为长年躺在床上，浴衣和睡衣都溅满了饮食的油渍。

更不要说和公公同出共游了，就是连中山公园的春明馆，她都不跟公公去。公公在夏季，每天习惯到春明馆坐坐，下一盘没有结局的围棋，冬菜面来了，就把黑白棋子一和乱，吃了面，带着刚升上来的星光，独自回到家里，他心情寂寞可知。他爱姨娘，又怕婆婆，可有什么办法呢？

公公比姨娘大了将近 30 岁。她一生跟着公公，想叫婆婆做姊姊，想立婆婆的儿子做儿子，何尝不是想生为夏家人，死为夏家鬼呢？然而她从 18 岁姓了夏以后，几十年了，似乎也没得到什么。人生再没有比孤立和寂寞更难堪的了。如果公公说他一生就做错了一件事，这一件事，应当是怎么个说法呢？

# 永别的艺术

近读一文，内有几位日本女性，款款道来，谈她们如何人到中年，就开始柔和淡定地筹划死亡，机智得令人叹服。

有一位女性，从 62 岁起就把家中房子改建成 3 间，适合老年人居住，以用作"最后的栖身之所"。删繁就简，把用不着的家具统统卖掉，只剩下四把椅子，两个杯盘。丈夫叹道：这么早就给我收拾好啦!

一位女儿为父母收拾遗物，阁楼就像旧仓库，到处是旧书和电话簿，摞得比人还高。式样该进博物馆的服装，包装的盒子还未撕开。不知何时买下的布料，质地早已发脆。像出土文物一般陈旧的卫生纸，不起丝毫泡沫的洗涤剂……但房地产证、银行存折、名章等重要物件，却不知藏在什么地方。她想起母亲生前常说，

我是不会给孩子们添任何麻烦的……心想，人不能在死亡面前好强，还是未雨绸缪的好。

她把父母家中的家具、衣物、餐具都处理了，最难办的是，母亲生前花了250万日元自费出版的自传，剩下100多册，无法处置。再三考虑之后，女儿双手合十默念道：妈妈，留下来的人还要生存，只有对不起您了。说完，她只收起4部自传，其余的都销毁。母亲的日记，她带走了。但每读一遍，都沉浸在痛苦之中。当她49岁时，先烧掉了自己的日记，然后把母亲的日记也断然烧光，从此一了百了。

风靡全球的《廊桥遗梦》，其实也是一部从遗物讲起的故事。死之前应该做的事，似乎还挺多。如果疏忽了，有时是难以弥补的缺憾。一位妻子患病住进医院，丈夫天天守候在床边，寸步不离。妻子刚开始是感动，随之就是生疑。终于察觉到不是一般的病，丈夫是在尽力增多和自己待在一起的时间。她深深地不安了，一再强烈要求出院，回到自己家中。丈夫知她病情重笃，哪敢让她走，只好不断说"明天我们就办手续"，敷衍她。女人终于在一天夜里，大睁着双眼走了。丈夫整理妻子遗物的时候，发现了她与情人8年相通的记载，总算明白妻子最放心不下的是什么了。

读着这些文字，心好像被一只略带冷意的手轻轻握着，微痛而警醒。待到读完，那手猛地松开了，有新鲜蓬松的血，重新灌注四肢百骸，感到阳间的温暖。

　　第一次清晰地感受生人对死亡的准备是十几岁下乡时，房东大娘在秋阳下晾晒老衣。她脸上欣赏的神色和寿装绚丽妖娆的色彩，令我感到老人有一种早日套入它们的期待。细想起来，农牧社会的死亡，也是节俭和单纯的。一个人死了，涉及的不过是几件旧衣，或烧或送，都好处置。其他农具家具炊具，属于大家庭，不会也不应随死者遁去。

现在社会在种种进步之中也使死亡奢华和复杂起来。你不在了，曾经陪你的那些物品还在。怎么办呢？你穿过的旧衣，色彩尺码打上强烈个人印迹，假如没有英王妃黛安娜的名气，无人拍卖无处保存。你读过的旧书，假如不是当世文豪，现代文学馆也不会收藏，只有掩在尘封中，车载斗量地卖废品。你用过的旧家具，式样过时，假如不是紫檀或红木，也无后人青睐，或许丢弃于垃圾堆。你的旧照片，将零落一地，随风飘荡，被陌生的人惊讶地指着问：这是谁？

当我认真思忖死后的技术性问题时，感觉到的不再是对死亡的畏惧，而是对不幸参与料理这一事物的人充满歉意。假如是亲人，必会引起悸痛，但我的本意，是望他们平静。假如是素不相识的人，出于公务或是仁慈相助，更应减少他人的劳动强度。我原以为死亡的准备，主要是思想和意志方面。不怕死，是一个充满思辨的哲学范畴。现在才发觉，涉及死亡的物质和事务，也相当繁杂。或者说，只有更明智巧妙地摆下人生的最后棋子，才能更有质量地获得完整的尊严。

让年富力强的人考虑死亡，似乎是一件可笑的事情。但死亡必定会在某一个不可知的时辰，与我们正面相撞，无论多么伟大的人都要臣服它的麾下。经常想想自己明天或者最近就可能死，其实很有益处。

首先是有利于感悟生命，体验到它的脆弱和不堪一击，会格外地珍惜今天。有许多暂时看来无法跨越的忧愁与痛苦，在死亡的烈度面前，都变得稀薄了。

　　第二是有利于抓紧时间。日常生活的琐碎重复，使我们常常执拗地认为，自己是坐拥无限时光的大富翁，可以随意抛洒。死亡给了我们一个不由分说的倒计时，无论你此刻多么精力超群，时间之囊里的水，都在一去不复返地失落着，储备越来越少。

　　第三是有利于我们善待他人，快乐自身。死亡使真情凸现，友情长存。

　　总之，死亡可是不讲情面的伴侣，最大特点就是冷不防，更很少发布精确的预告。于是如何精彩地永别，就成了值得深入探讨的问题。日本女人的想法，像她们的插花，细致雅丽，趋于婉约。我想，这门最后的艺术，不妨有种种流派，阴柔纤巧之外，也可豪放幽默。小桥流水或横刀跃马，都可以事先多次设计，身后一次完成。或许将来可有一种落幕时分的永别大赛，看谁的准备更精彩，构思更奇妙，韵味更悠长。唯一的遗憾，就是这比赛的冠军，不能亲自领奖了。

# "你爱我吗"

我们相爱了，拥抱过，亲吻过，海誓山盟过。

# 我的初恋

梁晓声

我的初恋发生在北大荒。它于我，实在是偶然降临的。

## 我的存在，仅仅是为她壮胆

那时，我是一位尽职尽责的小学教师，23 岁。已当过班长、排长，获得过"五好战士"证书，参加过"学习毛主席积极分子代表大会"，但没爱过。

我探家回到连队，正是 9 月，大宿舍修火炕，我那二尺宽的炕面被扒了，还没抹泥。我正愁无处睡，卫生所的戴医生来找我，她说她回黑河结婚，走后卫生所只剩卫生员小董一人，守着四间屋子，她有点不放心。卫生所后面就是麦场。麦场后面就是山了。她说小董自己觉得挺害怕的。最后她问我愿不愿在卫生所暂住一段日子，住到她回来。

我犹豫，顾虑重重。她说："第一，你是男的，比女的更能给小董壮壮胆。第二，你是教师，我信任。第三，这件事已跟连里请求过，连里同意。"

于是，我打消了重重顾虑，表示愿意。那时我还没跟小董说过话。

搬过去后除了第一天和小董之间说过几句话，在头一个星期内，我们几乎就没交谈过，甚至没打过几次照面。

"梁老师！"

"什么事？"

"我的手表停了。现在几点了？"

"差五分十一点。你还没睡？"

"没睡。"

"干什么呢？"

"织毛衣呢！"

我清清楚楚地记得，只有那一次，我们隔着一个房间，在晚上差五分十一点的时候，大声交谈了一次。

我们似乎谁也不会主动接近谁。我的存在，不过是为她壮胆，好比一条警觉的野狗——仅仅是为她壮胆。仿佛有谁暗中监视着我们的一举一动，使我们不得接近，亦不敢贸然接近。但正是这

种主要由我们双方拘谨心理营造成的并不自然的情况，反倒使我们彼此暗暗产生了最初的好感。因为那种拘谨心理，最是特定年代中一代人的特定心理，一种荒谬的道德原则规范了的行为。如果我对她表现得过于主动亲近，她则大有可能猜疑我"居心不良"。如果她对我表现得过于主动亲近，我则大有可能视她为一个轻浮的姑娘。其实我们都想接近对方，想交谈，想彼此了解。

## 她是我的第一个"读者"

小董是牡丹江市知青，在她眼里，我也属于大城市知青。在我眼里，她并不美丽，也谈不上漂亮，我并不被她的外貌吸引。

那一天中午我回到住室，见早晨没来得及叠的被子叠得整整齐齐，房间打扫过了，枕巾有人替我洗了，晾在衣绳上。窗上，还有人替我做了半截纱布窗帘，放了一瓶野花。桌上，多了一只暖瓶，两只带盖的瓷杯，都是带大红喜字的那种。我们连队供销社只有两种暖瓶和瓷杯可买，一种是带"语录"的，一种是带大红喜字的。

我顿觉那临时栖身的看护室，有了某种温馨的家庭气氛。

我在地上发现了一截姑娘们用来扎短辫的曲卷着的红色塑料绳，那无疑是小董的。至今我仍不知道，那是不是她故意丢在地上的。我从没问过她。

我捡起那截塑料绳，萌生起一股年轻人的柔情。受一种莫名其妙的心理支配，我走到她的房间，当面还给她那截塑料绳。

那是我第一次走入她的房间。我腼腆至极地说："是你丢的吧？"

她说："是。"

我又说："谢谢你替我叠了被子，还替我洗了枕巾……"

她低下头说："那有什么可谢的……"

我发现她穿了一身草绿色的女军装——当年在知青中，那是很时髦的，还发现她穿的是一双半新的有跟的黑色皮鞋。我心如鹿撞，感到正受着一种诱惑。

她轻声说："你坐会儿吧。"

我说："不……"立刻转身逃走。回到自己的房间，心仍直跳，久久难以平复。

晚上，卫生所关了门以后，我借口胃疼，向她讨药，趁机留下字条，写的是——我希望和你谈一谈，在门诊室。我都没有勇气写"在我的房间"。

一会儿，她悄悄地出现在我面前。我们也不敢开着灯谈，怕突然有人来找她看病，从外面一眼发现我们深更半夜地还待在一个房间里……

黑暗中，她坐在桌子这一端，我坐在桌子那一端，东一句，西一句，不着边际地谈。

从那一天起，我算多少了解了她一些：她自幼失去父母，是哥哥抚养她长大的。我告诉她我也是在穷困的生活环境中长大的。她说她看得出来，因为我很少穿件新衣服。她说她脚上那双皮鞋，是下乡前她嫂子给她的，平时舍不得穿……

我给她背我平时写的一首首小诗，给她背我记在日记中的某些思想和情感片段——那本日记是从不敢被任何人发现的……

她是我的第一个"读者"。从那一天起，我们都觉得我们之间建立了一种亲密的关系。

她到别的连队去出夜诊，我暗暗送她，暗暗接她。如果在白天，我接到她，我们就双双爬上一座山，在山坡上坐一会儿，算是"幽会"，却不能太久，还得分路回连队。

"一切已经过去，保留在记忆中吧！"

我们相爱了，拥抱过，亲吻过，海誓山盟过。我们都稚气地认为，各自的心灵从此有了可靠的依托……

爱是遮掩不住的。后来就有了流言蜚语。领导找我谈话，我矢口否认——我无论如何不能承认我爱她，更不能声明她爱我。不久，她被调到了另一个连队。我因有着我们小学校长的庇护，除了那次含蓄的谈话，并未受到怎样的伤害。

后来，我乞求一个朋友帮忙，在两个连队间的一片树林里，又见了她一面。那天淅淅沥沥地下着雨，我们的衣服都湿透了，我们拥抱在一起流泪不止……一年后我被推荐上了大学。

1983 年，《这是一片神奇的土地》获奖，在读者来信中，有一封竟是她写给我的！信中只写着她如今在一座矿山当医生，丈夫病故了，给她留下了两个孩子……最后发现，信纸背面还有一行字，写的是——想来你已经结婚了，所以请原谅我不给你留下通信地址。一切已经过去，保留在记忆中吧！接受我的衷心的祝福！

我细辨邮戳，有"桦川县"字样，便将回信寄往黑龙江桦川县卫生局，请代查卫生局可有这个人。然而空谷无音。

# 结婚纪念日

一九六六年，我俩的结婚筹备像是一种地下工作。秘密、悄然、不声不响地进行。"狗崽子"结婚弄不好会招事，何况我们的新房正好就在一个"红卫兵总部"的楼上。这间房子是同昭家临时借给我们结婚用的。那时，她父亲虽然是高级职员，也没有逃过抄家的风暴，甚至比我家抄得更惨，给"扫地出门"，被"勒令"搬到这里来。这儿是大理道松竹里二号楼，在一条短胡同的尽头，一幢典型的折中主义风格建筑，原本是姓高的一家人独住。

同昭一家五口人，只给了二楼上的一长一方两间小屋。凡是被"扫地出门"的，只准许带少得可怜的生活必需品，如被褥、衣服、脸盆、暖壶、旧桌椅，别的东西都不准带，所以这两间房屋虽小，仍显得空荡荡。我们结婚借用了其中更小的一间，不足十平方米。

当时我俩两手空空，任何家具没有，可是那天把房子打扫干净，再用拖布把地板拖过，站在空屋中间，闻着清水擦过的木地板的气味，心中忽冒出一种新生活即将从这里开始的兴奋来。我俩相互露出笑容。

我从自己家里搬来两件家具，一件是小时候使用的书桌，书桌的一角在抄家时被斧子砍去，桌面还有几道挺深的剁痕，把它放在我们的小小的新房内，大小刚好；再一件是租界时代的遗物——躺柜，柜门已被砸烂。我便把柜子立起来，用木板钉个柜门装上合页，成了一个别致的小立柜。床是用抄家扔下的烂木头架起来的；没有窗帘，便用半透明的硫酸纸糊在窗户上。同昭买了一盆文竹放在改制的小立柜的上边，婆娑的绿叶斜垂下来，这惹起了我们对"新生活"的幻想，跟着便兴致勃勃去到商场，给自己的新房添置了两件真正的家庭物品。

同昭是生活的唯美主义者，她用心挑选了两件物品，一台昰造型别致、漆成天蓝色的浪琴牌木匣收音机，另一个是小小的夜明钟。于是，一个在废墟上构筑的小巢就这么温馨地出现了。这台收音机还能收短波，但我不敢去拧。我知道，只要短波的电台一响，叫人听见，就会让我立刻送命。我们要分外留心把自己的小巢藏在自己的身后，对谁也不说。

那时，我母亲躲在家中不敢出门，她只有不多一点钱，她交给我二十块钱，叫我给同昭做件红褂子。同昭哪敢穿红的，就买块蓝雪花呢的布料做件棉袄的罩褂，母亲见了就哭了，说哪有新娘子不穿件红的，又拿出二十块执意叫同昭再买块红色的。这样母亲手里可就没多少钱了。同昭执意不要，我却接过钱来，又拉着同昭去买了块深洋红的雪花呢，再做件罩褂，穿了去给母亲看。依从母亲，叫她顺心。那时候所有的事都是戗着，只有自己能叫自己的心气儿顺着。

结婚那天晚上，同昭的父亲在劝业场附近惠中路上的红叶饭店请我们吃饭。那是一条窄街上一家很小的饭店，店门不过五尺宽，三层小楼，但这里专营的四川菜却做得有滋有味，记得那天"婚宴"的菜有一碟鱼香肉丝，炒得很香，后来只要一吃鱼香肉丝就自然会想起"结婚"二字。当时同昭的母亲住在北京，她弟弟妹妹都来参加我们的"新婚晚宴"。她父亲举起盛着葡萄酒的酒杯轻轻说了一句："祝贺！祝贺！"跟着六七个酒杯叮叮一响，她父亲送给我们一小束淡粉色、很优雅的康乃馨花——那是同昭最喜欢的花，这就是我们的新婚了。我们一边吃，一边不时扭头看看是否有人发现我们，好像我们在偷着干什么事。这感觉至今犹然清晰地记得。

在我离开家来赴"晚宴"时，母亲给了我一个布包。里边有一套秋衣秋裤，还有内衣和袜子。我出门把这布包夹在自行车后衣架上，跨上车。一心去往"晚宴"，饭后骑车到新房，忽然发现布包没了，掉了吗？那可是我带到新房的全部家当！是掉了。因此，我说我人生的新阶段是真正从零开始的。

　　新婚之夜是每个人心中的一个美梦，但对我来说，却是一个更残酷的现实。我们从外边回家、锁车、上楼、开门都是小心翼翼，几乎没有出任何声音。进屋开了灯，不一会儿，外边忽然响起喇叭声，吓了我一跳。声音很大，好像就在窗跟前，再听原来声音出自外边院里，跟着有人喊："狗崽子，你们干什么呢？"是红卫兵！他们知道了？我们突然感到极度紧张。被发现了吗？我们没出一点声音啊！难道走漏了消息？反正是糟了。跟着，一群红卫兵站在院里又吹喇叭，又喊又叫，又唱革命歌曲，又喊口号。同昭吓得赶紧把灯关上。他们反闹得更欢，夜里静，声音显得分外响分外清晰。喇叭声像火车笛那样震耳。不一会儿，他们想出更具侵犯性的法子——用手电筒往窗子里照。我们没有窗帘，电光就直接照在屋顶上，手电晃来晃去，许多条雪白的光就在屋顶上乱划，好像夜间空袭的探照灯。那种紧张感难以表达。我们哪敢再去生炉子，只能穿着棉袄坐在床上。我紧紧搂着她，感到她在发抖，我知道她更怕的是突然的砸门声和一群人破门而入。还好，他们没有上楼来，只是在院里闹，闹了一阵，尽了兴，便回去了。冬日外边毕竟很冷，然而隔一段时间他们又来了兴致，就会再跑到院里吹喇叭、喊口号、用手电的强光朝着我们的"新房"攻击一阵。整整一夜我们就是这么度过的。

　　到了后半夜，他们大概也累了，没劲儿了，睡了？反正没动静了。我们便穿着棉衣卧在床上。屋内没有炉火，太冷，又怕他们突然袭击，闯进来，我感到同昭一直在打战。我悄悄地吻了吻她的脸颊，她的脸像冷凉的玻璃罐儿。她是木然的，毫无反应也无感觉。后来，我们也睡着，睁开眼时天已亮了。没有窗帘的屋子亮得早，其实这时还不到七点钟。我第一眼就看到桌上那几支插在玻璃杯里的康乃馨，却感觉不到它优雅的美。它精致的花瓣，漠然开放在冻人的晨寒中，这就是我们的"新婚之夜"了。五十多年来，我一直把自己这个遭遇视作我的一个人生财富，一生都不会丢掉。

# 错爱一生的白素贞

在乌镇水剧场看《青蛇》是个不错的选择。形式和意境都相当符合我们对这个流传了 600 多年的爱情故事的想象。

于是，在乌镇戏剧节开幕的当天晚上，我和我的朋友披着雨衣，冒着那不大也绝对不小的雨，看完了两个多小时的演出。说实话，是一次不错的体验，但未到过目不忘的程度。

从小到大，我看完了几乎所有关于白蛇传故事的戏曲、传奇、小说、电视、电影，现在还包括话剧，如同看着白素贞一路修行，蜕变，由妖变人，变成完美的女人，变成女神，又从女神变回一个无奈的女人，总之，我算是一个负责任的、有鉴赏力的观众。

从小到大，我纠结的一个问题是，白素贞为什么要爱上许仙？我当然知道，爱就是爱了，没有那么多应不应该，值不值得。但是真是让人窝火啊！千年修行的道行比不上那一次莫名其妙的一见钟情。

由始至终，许仙都不曾表现出什么令人欣赏的品质，他是药房的伙计，无家无业。这也就算了，关键是胆小，懦弱，你掏心掏肺对他，事到临头，第一个翻脸不认人的是他，真是让人气吐血。

每一次，看着化身白富美的白素贞拼尽全力对许仙好，我都想摇醒她，姐，咱不耗了，咱换一个行吗？好，你说不换，你说爱要从一而终，也行，这个人要值得才好。

就算他皮相好，他对你没真心啊！就算他有真心，他的真心（脆弱的玻璃心）不堪一击啊！你图他什么？就算什么也不图，咱也图个以诚相待啊！

你说你这开药铺，喝雄黄酒，盗仙草，水漫金山，前前后后地忙活，是上赶着受虐是吧！是为了证明自己爱错了，还是没爱错呢？这答案不是明摆着吗？

假如是为了更高尚的追求——完成做人的理想，那么，到后来，你怀孕了！连你自己都知道，你原来早就是人了！这男人左推右闪，还是不敢接纳你。

肤浅的婚姻如雨后春笋，在谎言中上钩，在因果中经营，单方面的苦心维系，基础却是薄弱的，一旦有了怀疑，立刻分崩离析，引发战争。你以为人定胜天吗？他避你如蛇蝎，颤巍巍连声说，师父！救我！

我其实很唾弃白素贞，怎么好端端一个翻手为云覆手为雨、神通广大的白富美，深藏了一颗除都除不尽的受虐小媳妇的心，这难道是值得广大女性学习的？如果这就是爱情，这就是忠贞，那有什么好传颂的？

　　我后来看《牡丹亭》才想明白。许仙这样的男人，是适合杜丽娘的，单纯到死的太守之女，18年了，不出闺门，去趟自家后院的花园，整得跟探险似的。发了一通伤春悲秋的感慨，回家做了一个

春梦，相思成疾，说死就死了。这上哪说理去？白养你这么大了！

　　而白素贞这样的女人，是适合柳梦梅的，换作是柳梦梅，知道白素贞是蛇精变的，也断然不会当场吓死。《牡丹亭》原著里写到，杜丽娘告诉柳梦梅，自己因他而死，如今是鬼的时候，柳梦梅说："你是俺妻，俺也不害怕了。难道便请起你来？怕似水中捞月，空里拈花。"一句真诚不加修饰的话，让之前所有的山盟海誓落到实处。

柳梦梅开棺，救杜丽娘重生，除却胆色，他冒的风险不小，他是待考的士子，为她甘犯律法（原著中言明，私自挖坟开棺的罪行很重）。且不说挖开坟墓面对一具尸体需要多大胆量，现实中，他有可能马上因此赔上自己的性命前程。但他却义无反顾地做了，没有任何力量可以阻止他的爱。

在拾到杜丽娘的画像之前，他并不知道天下有这样一个女子，在杜丽娘吐露真情、还阳之前，他从未接触过她的实体。但他居然那样干脆彻底地爱上了一个女子的灵魂，这才是肝胆相照，这才算人间有情，这种感情态度，不是到人间寻求真爱的白素贞一直期待的吗？

只可惜，她遇到的是许仙，不是柳梦梅。许仙给予她的，只是一次次的伤害、一次次的辜负。许仙只是一个再普通不过的男人，他是只能用来怜悯，而不能爱的。

白素贞没错，许仙没错。有那么一句话，非常适合这一段错爱："我们都没错，只是不适合。"

如果能想明白，何苦还要水漫金山，连累无辜百姓呢？是爱到深处的绝地反击吗？不惜一切，毁天灭地的力量，居然用来挽回一个早就该被放弃的男人。要切记，以爱的名义做出任何恶事，都是不对的。

# "你爱我吗？"不矫情

　　他已经 90 岁，他正走在全面失智的路上，大多时候，他不记得面前的女人是与他生活了几十年的爱人。忽而他又会想起什么，他会微笑，和眼前的人开玩笑：你很美哦！目光却并无焦点。她问他：你还好吗？你有什么不舒服吗？他满脸皱纹的老脸上一片漠然，然后，她按照惯常的次序问了第三个问题：你爱我吗？

　　他的目光终于指向她，而后，奇迹发生了，他嘴角的皱纹牵动起来，随即，枯叶般的双唇掀开：爱。

　　她喜不自胜，这是她的胜利，更是爱情的胜利。她认为，爱情，是一个能够刺激到他的问题，仿佛给枯竭的大脑打一剂强心针。他依稀想起一些什么，于是，他行将就木的躯体以一个字的方式给她答复——爱。

写到这里，你们也许已经猜到，我说的正是发生在琼瑶家里的故事。不能叫故事，那只是一桩家事。79 岁的老太太给了围观群众一个话题，被叫作"玛丽苏"的自恋人生，从少女时代至今日，她从未改变过。一个 79 岁的老太太，总是问她 90 岁的老公"你爱我吗？"不矫情吗？太会作的女人，她以为她是 19 岁少女吗……而我，在看到这些指责的声音时，却不由得心生一丝疼痛。

三年前，我的父亲也成了一个失智老人，他才 75 岁。他已经不认识他的老妻我的母亲，也不认识我这个女儿。每周我去浦东的医院看他一次，每每见到他，我总是会问：爸爸，你认识我吗？

他当然一无反应，我再问他：爸爸，我是女儿啊，你喜不喜欢我？

他听见了，看了看我，忽然张开缺牙的嘴大喊：喜——欢——！

他的语言能力已经退化到不如一个牙牙学语的孩子，他拉长了声调，就两个字，却是挣扎着，咬牙切齿地说出来。是的，谁都知道他喜欢我、宠爱我，过去，他总是在同事抑或朋友面前把我作为吹嘘的资本。我把自己推到他面前，希望他生命中最爱的女儿能激活他的脑细胞。他果然没有让我失望，他艰难地回答：喜欢。母亲在旁边也欣慰地笑了，好像，这么一问就能证明，只要揿下这个心动按钮，我们随时都能唤醒他。

还记得他刚开始失智的时候，有一次去看父亲，他已经不认识我，可他的目光里充满了似曾相识的疑惑。我问他：爸爸，你认识我吗？那天，我穿了一件红色的衣服，他盯了我好一会儿，忽然说：认识，女儿，漂亮！

那以后，我尽可能在去看父亲的时候穿红色的衣服，并且，我总是会问那么几个问题：爸爸，你认识我吗？爸爸，你喜欢我吗？爸爸，我漂亮吗？

我是一个长相太过普通的女人，绝算不上漂亮，可我依然这么问父亲，因为我相信，在他心里，女儿一定是漂亮的。并不是要从一个失智老人那里获得认可，并不是为满足自己的虚荣心，亦不是听到有人说爱我多么重要。恰恰相反，因为我爱他，我想让他记起那些爱，倘若他偶尔能回答"爱"，那就是我们又一次把他从远去的路上拉回了一小步。

所以，这就是为什么，我并不反感 79 岁的琼瑶每次去看 90 岁的失智丈夫时，都要问一遍"你爱我吗？"。即便她可能确有"玛丽苏"的自恋型倾向，但在失智者面前，我赞同每一个亲人都可以扮演一下"玛丽苏"。

# 旧时代的爱情

这一个月，为英国女作家南希·米特福德（1904—1973）愁肠百转——都是因为看了 BBC 的一部三集迷你剧《觅爱追欢》。

南希出身于贵族世家，她父亲的头衔是礼德斯达尔男爵二世。20世纪初的贵族女孩，并没有太多人生选择，南希也如此，她和妹妹们在家里接受家庭教育，直到 18 岁进入社交界。南希进入伦敦社交圈后，结识了一批贵族子弟，他们这票人被称为"妖艳的青少年"，其中一位妖艳的青少年后来成为著名作家，他就是伊夫林·沃。

伊夫林·沃的代表作《邪恶的躯体》是献给南希的三妹戴安娜的，他在书里写了很多疯狂的派对：有一个派对专为首相的小女儿举办，地点选在唐宁街 10 号，时间为凌晨 4 点，所以叫"10 号的午夜狂欢"。

进入社交界，并不意味着南希在社会上拥有了独立的身份。贵族小姐很多没有受过正式学校教育，缺乏职业技能，加上身份的约束，她们可以做的工作很少。南希在伊夫林·沃的鼓励下为杂志、报纸写专栏，写小说，但不足以自立，她也把希望寄托在婚姻上。与其说南希渴望结婚，不如说她渴望靠婚姻脱离原生家庭，获得独立。

南希的前两次爱情都失败了。《觅爱追欢》写了她的第三位恋人加斯顿·帕莱夫斯基，他当时是流亡英国的自由法国组织领袖戴高乐的助手，南希在小说中把他塑造成风流倜傥而又深情的法国贵族法布里斯公爵。小说中爱上公爵的琳达说到她的情人："他是个好听众，从不谈赚钱，也不聊政治。"这应该也是南希深爱加斯顿的原因。

加斯顿喜欢她的幽默风趣，享受和她在一起时的轻松、陪伴、诙谐，却从未爱上她。南希清楚地知道这一点，努力要赢得爱。"我认为，让一个人的感情得到回报的另一个最好的办法是得到对方的赏识。"二战结束后，南希追随情人去了法国，定居巴黎。

1958年，南希终于离婚，加斯顿却始终没有给她承诺，他们从未同居过，加斯顿甚至没有在南希的家里过过夜。

南希甘愿把浪漫爱情交付给显然无法回报的男人，这是她悲剧的源头，也激发了南希的创作热情和灵感。《觅爱追欢》出版于1945年底，一年内卖出20万册，版税不仅让热爱巴黎时装的南希成了迪奥的客户，还帮她实现了独立。这部小说情节发展古怪，语

言机智幽默，南希敢于在小说中调侃自己，写出了人性中一闪而过的黑暗。我佩服她的一点在于，她敢于为沉浸在爱情中的琳达（其实就是她自己）安排一个死亡的结局，她应该是看到了爱到极致就是孤独和毁灭。

1968 年，南希患上霍奇金病，在无法言表的病痛中度过了生命的最后五年。加斯顿对她非常温柔，她去世那天陪伴在她身边，去世后他常有遗憾。为南希写传记的历史学家研究她和加斯顿 30 年来的往来通信，信中写了大量的闲谈、八卦和笑话，让人感觉这两个人真的很喜欢对方。与其说爱情，不如说他们在真诚的爱的基础上，建立了一种相互理解、相互支持的友谊。南希那一代人认为，放大个人的情感烦恼是一种自我放纵，她有意识地选择了不让有缺憾的感情关系主宰自己的生活。在当今这样一个恋人分手就上网公开私密聊天记录、一笔笔算账必须索回赔偿、爱情最终只能以婚姻这一种模式体现的道德氛围中，谁愿意理解和尊重"旧"时代的爱情呢？

# 马幼渔长女的爱情故事

杨衡善　李秋敏

我的外祖父马幼渔（名裕藻）于 1913 年始任北京大学国文系教授，讲授文字学、音韵学，1917—1935 年任国文系主任，胡适接任系主任之后，他继续当教授，直至 1945 年去世。

我母亲马珏是他的长女。1929 年进北大预科（课），1931 年在政治系本科读书，1934 年初离校，因婚事未克毕业。

## "校花"母亲

母亲马珏在北大小有名气，不仅因为她是教授之女，攻读的是政治，更因为她天生丽质。60 多年后她的一位同学张中行念及此写道：

我 1931 年考入北大，选中国语言文学系，系主任马幼渔是马

117

珏的父亲；马珏在政治系上学，有一顶了不得的帽子——"校花"。

诚如我所见，上课，有些人就尽量贴近她坐，以期有机会能交谈两句，或者还想"微闻香泽"吧；以及她后来的文中所说，常常接到求爱求婚的信。我呢，可谓高明，不是见亭亭玉立而心如止水，而是有自知之明，自惭形秽，所以共同出入红楼三年，我没有贴近她坐过，也就没有交谈的光荣经历。


我母亲1927年8月进中法大学预科，后又考取北大预科。母亲后来选读了北京大学的政治系。

外祖父对子女专业前景的设想含有极大的民主革命热情，也充满天真的浪漫色彩，这热情与色彩在社会严酷现实面前显得十分软弱无力。母亲读政治系没有毕业，就是毕了业怕也不可能如外祖父所想去当公使。外祖父让大舅马巽去日本学经济，让三舅马节去德国学经济，大有振兴积弱民族，建设经济强国的气概，但舅舅们虽学有所成，却用武无地。二姨马琰在北大学法律，外祖父希望她能为争取女权做事，又说"就是离婚，也可保护自己的权益"。谁知一语成谶，二姨学的法律就只有这点用处。

母亲回忆她的大学生活：


60年前我正好18岁，当时女生很少，所以我显得很突出。

记得上第二外语时课间休息，我从女生休息室回来，见我书桌上写着，"万绿丛中一点红"，我一见很生气，也不知谁写的，就用纸擦掉了。第二次再上课时又见上面写着"杏眼圆睁，柳眉倒竖"，我又擦了。不但有这种"题词"，还常接到来信。我当时的心里就是见信很不高兴，觉得别人欺负我，很难受。

日子长了父亲发现我情绪不正常，我如实反映了情况。父亲说："他们写信给你，是对你有好感才写的，没有恶意，不是你想的那样，你不愿理他们，不看就是了，把信给我。"可我又不愿意，父亲就说："那么要看就不要哭。"

来信绝大多数是普通信格式，大意是要求通信做朋友，充满敬慕之词。有一个装订成本的给我印象很深，一共两本，一本给马先生，一本给马小姐，内容从不知我的名，"珏"字怎么念说起，然后介绍自传，直至求婚。还有一个经常来信而不署名，发信地址又老变的，我也留下了印象……

## 父亲的命运

父亲杨观保，字季鹗，光绪三十一年（1905）生于苏州老家，幼年随母进京与父团聚，这时大约已到民国初年，他七八岁的样子。他们母子从苏州坐小火轮拖的航船到上海，换乘大海轮到天津，又改乘火车到北京。祖父杨庚元，字良孚，是清末副贡，任户部（后

改度支部）钱币司小京官（民国后任金事），去世于 1937 年。

父亲中学毕业后即进北洋大学预科学习。北洋大学始建于 1895 年，原来由盛宣怀创办，叫中西学堂，1896 年改称北洋大学堂（现天津大学前身）。父亲准备预科毕业后攻读土木建筑本科，但 1924 年一场学潮改变了他的命运。这场学潮目的是驱逐校长，这位校长最终被免职了。可上峰认为学生犯上也不可助长，所以要求闹事学生写悔过书。年轻气盛的父亲拒绝了，愤而返京投考北京税务专门学校。

税专前身是清政府创办的税务学堂。税专毕业生后来逐步成了海关华员的中坚力量，由于海关管理相对封闭，可以"独善其身"，奉行的高待遇、高保险政策成了一般人为谋求稳定、富足生活而进行追逐的目标，号称"金饭碗"，导致税专成为当时最难考的高校之一。爸爸脱颖而出考取税专，为他前半生的生活轨迹做了确定。

1928 年，父亲税专毕业即在天津海关就职。1933 年，母亲与父亲结婚。母亲婚后继续在北大求学，然而终于没有完成学业，就此成为家庭妇女。

天津为仅次于上海的第二大港，所以海关规模甚为可观。父亲在天津海关供职 20 年，至 1948 年方调上海海关总署任养老储金股主任。

解放后，父亲先是被"留用"，从总署调到上海海关（江海关）

任总务科供应股股长，后被送去华东人民革命大学学习。半年的革大学习后，来自山东济南的华东煤炭管理局党委书记何以端率员去革大"网罗人才"，让父亲踏上了后半生主要生活的地域山东。

1965年，何以端担任了煤炭科学研究院的党委书记，他还记着爸爸这个人才，电召他入京，但北京户口之难办，使何以端也无计可施，爸爸终因无力坚持而返回枣庄。"文化大革命"后落实政策，父亲任政协委员，终于光荣退休。这时已到了他的临终岁月。

父亲的一生就这样伴随着 20 世纪的大半时光走过去了，他的经历深深地打上了时代的烙印。

## 父母爱情

至少有三次重大的生活转折，是父亲毅然决然地作出了抉择，影响抉择的因素中，母亲总是占首要地位。

第一次是抗战烽火乍起时，父亲有机会到内地去，也确有一些

他的同学、同事撇下家小到了重庆，后来以接收大员身份重返故地，爸爸做不到抛妻弃子，就在沦陷区苦守8年，但从未听他说过后悔。第二次是1949年，新旧政权更迭之时，可以走而未走，对国民党的彻底失望是一方面，不只身离开大陆是另一方面原因。第三次是奉何以端之召赴京搞翻译，但母亲在枣庄颈淋巴结核复发，病中呼唤父亲回来，父亲义无反顾地返回。

小时候在天津我见过一本装订整齐的本子。纸张是彩色的，印有花纹，似乎还散发幽香，上面写着密密麻麻的蝇头小字，我刚一翻，就被母亲拿走了，说不许小孩看。这是父亲的情书集，珍藏起来的。

我还记得，有一次母亲发脾气，打开卧室窗户，把要吃的药一瓶一瓶地扔出去，父亲在旁一个劲儿地劝解，其他人都吓得不敢出声，连卧室门也不敢进。这是特宠女人撒娇的通常方式，父亲全然包容。

没结婚前，父亲大学毕业在天津海关工作，每个星期都坐火车到北京见母亲，六年如一日，风雨无阻，传为佳话。父亲于1988年在枣庄去世，享年83岁。母亲6年后于北京去世。2014年我发表了记叙母亲的长篇文章，其结尾写道：

1994年，84岁的马珏在北京病故，与杨观保合葬在万安公墓。当年，他追了她6年。后来，她念了他6年……

# 戴敦邦的风雨同伞

王汝刚

    大画家戴敦邦先生的客厅里，挂着一幅题名《风雨同伞》的作品，画面上，戴先生和夫人共撑一顶伞，迎着风雨，相依相偎，走向快乐、长寿的康庄大道。

    这是戴敦邦先生为纪念和夫人沈嘉华钻石婚亲笔绘制的杰作，整张画面生动传神，把岁暮晚景中饱览人间沧桑、休戚相关的夫妻情谊，描绘得感人肺腑，令人叹服，可谓传世之作。

    我每次去戴府拜访，总要欣赏这幅作品，越看越有味道，往往不由自主笑出声来，因为，我想到他们生活中的趣事。

    年轻时，戴先生在杂志社工作。他画技高超，非常勤奋，整天伏在案头忙碌，下班回家，还经常加班。某晚，戴先生摸着脑袋对夫人说："明天我要去出差，忙得忘了，很久没有理发。"当

时，芳龄 24 岁的戴师母说："这有何难，我来帮你剃。"说罢，顺手拿起家用剪刀。戴先生心想，妻子缝纫技术不错，一家老小穿衣缝补全凭这把剪刀。于是，他乖乖坐在椅子上，让夫人理发。戴师母一上手，就感觉不对，原来缝纫功夫和理发技术风马牛不相及，平常用惯的剪刀，一点不听使唤，硬着头皮操作……戴先生抬头一照镜子，吓一跳，头上活像套了一只马桶箍，而且高低不平，如同被狗啃过一般。

戴师母急得手脚无措，戴先生安慰她："明天我去弄堂口剃头摊，请人修整。"戴师母愁眉不展："她们是家庭妇女响应政府号召，解放妇女劳动力，专为小朋友剃头的。"戴先生笑着说："蛮好，我不妨让她们技术练兵，也算为解放妇女劳动力作贡献。"戴师母这才破涕为笑。

第二天，戴先生头戴旧帽子，到剃头摊对一位胖阿姨说："请帮我剃头。"胖阿姨头摇得像拨浪鼓："对不起，我们只会剃小朋友头。"戴先生和颜悦色："我要去外地，时间紧张，帮帮忙吧。"胖阿姨振振有词："不行，万一剃得不好，不光坍我的台，还要坍全上海剃头师傅的台……"戴先生语塞，忽然看见墙上贴着电影《女理发师》广告，有了主意。他问胖阿姨："这部电影你看过吗？"胖阿姨快人快语："看过，电影明星王丹凤演得真好，我向她学习。"戴先生双手一拍："我支持你，送上门来让你练功夫，如何？"胖阿姨笑容可掬："快请坐，我马上帮你剃。"戴先生坐上理发椅，顺手把帽子取下。这下，胖阿姨顿时面部肌肉抽筋："你……你是癞痢头？还是什么地方逃出来的？"戴先生哭笑不得，如实说明情况。

胖阿姨这才松了口气，应戴先生要求，为他剃了大光头。戴先生连声道谢："辛苦了，需要付多少钱？"这下胖阿姨为难了："要命，应该收多少钱呢？少收不可以，多收犯错误，对，我去请示一下领导。"说完，她自顾自朝居委会走去。时间一分一秒过去，戴先生心急如焚。好不容易盼到胖阿姨奔回来，气喘吁吁地说："居委召开临时会议，专门研究你的剃头费，平时剃一个小孩头，收人民币五分，现在算侬两个头，不，收侬两个头的价钱，人民币一角。"

从此，戴师母下决心学习理发技术，她买齐全套工具，在自己四个儿子头上练功夫。起初，每次拖儿子理发，孩子们都害怕得龇牙咧嘴，大哭小喊，到后来，戴师母练就一手过硬本领，成了全家人的专职女理发师。

戴先生曾经对我得意地说："我的夫人勤俭持家有功劳，我和儿子从不到剃头店，光这项算起来，省下来的理发费，可以开家理发店啦。"我提建议："店名就叫'戴家样'吧。"

# 叶君健与苑茵国难中相识

吴睿娜

我的父母，一个出生在东北，一个出生在湖北，在那个战乱动荡的年代，两个原本没有人生交集的人，被命运系到了一起。

他们相识在雾都重庆。"九一八"事变后，母亲苑茵从东北辗转流亡到重庆，渐渐和家中失去了联系。在东北流亡学生救济总署的资助下，母亲考入了战时迁至此地的复旦大学，并成为中共地下党的一员。

我爷爷家特别穷，爷爷身体不好，种不了地，家里一亩地也没有，完全赤贫。尽管家里很穷，但父亲叶君健通过勤工俭学，14 岁高小毕业，并通过自己的努力，参加同等学力的考试，在 19 岁那年考入武汉大学。他毕业没两年，日军攻占了武汉，父亲流亡到香港。

25 岁那年，父亲来到重庆。在香港已小有名气的他，被重庆

大学、中央大学、复旦大学聘为教授。

我的母亲年轻时非常漂亮。在认识我父亲之前，很多达官贵人的子弟追求她。但她选择对象的标准是有共同的思想基础，她根本看不上那些公子哥儿。

母亲毕业前一年，正巧父亲到复旦外文系教课。以前母亲就读过他的作品，从进步同学那里得知，他用"马耳"的笔名为莫斯科的《苏联文学》写文章，介绍中国的抗战文学和进步作家。母亲听了他两堂课，便和他认识了，觉得他们的思想和趣味很接近。

母亲的导师马宗融教授就像家长一样照顾她。马教授经常把母亲叫到家里吃饭。我的父亲和马教授又是朋友，因此，他俩经常在马家见面，彼此都产生了好感。

打动我母亲芳心的是父亲的朴实。一天，我父亲说要请我母亲吃午饭，把她带到一个小面馆里，要了两碗担担面和两小碟花生米。这是当时重庆最便宜的吃食，旁边的食客全是抬滑竿的苦力。母亲怕辣没动筷子，父亲几口就把自己的担担面吃个精光。看到母亲不吃，就说："现在国难当头，一切都困难，我们不要浪费。你不吃，我就帮你吃了吧。"然后把母亲那碗面和花生米拿过去一扫而光。

用这种请吃饭的方式约会可能会当场失败，但我母亲却看到了父亲的朴实。随着彼此了解加深，他们决定结婚。

## 把你这根小草用露水浇活

两年后，我的父母迎来了感情路上最漫长的一次考验。

1944 年初，英美开辟第二战场，为反击德意法西斯，英国政府开始战时总动员。英国战时宣传部希望邀请一位中国知识分子赴英，要求英语好，既非共产党员也非国民党员。我的父亲因此受邀，到英国各地演讲。父亲飞往英国的时候，大哥还不到两岁，母亲又怀了二哥。没想到，父亲这一去就是六年。

在英国的那几年，父亲出版了八本关于中国的英文长篇小说，被英国书会推荐为 1947 年的"最佳作品"。1949 年 8 月，毕加索、居里夫人和阿拉贡联名写信邀请父亲作为远东唯一的作家，参加由

社会主义国家发起、在波兰召开的世界保卫和平大会。会上父亲听说了新中国即将成立的消息。他决定立刻放弃英国剑桥大学要给他的职位，回到新中国。

父亲坐轮船走了三个多月，于 1949 年底在天津登陆，和母亲重逢。

父亲在英国时，母亲听到流言说父亲在国外有家，在极度痛苦的情况下，仍坚持工作，抚养孩子，终因积劳成疾患上重病。经医院检查，母亲是肺病三期。看到母亲因操劳而病重的样子，父亲内心受到很大冲击，他对母亲说："我们分开太久了，战争时期又不能通信，何况还有人带来谣言。记得我们结婚时，你说你的茵字就是一根冬天的小草。现在，我要把你这根小草用露水浇活。"

一年后，母亲生下了我。由于母亲肺病传染不能喂奶，父亲每四小时给我喂一次牛奶。母亲办理了病退，在家专心休养。渐渐地，我在父亲无微不至的照料下长大，母亲也转危为安。

1957 年，父母省吃俭用，以 300 匹布的价格换得了恭俭胡同的小院。我们搬入新居后，来往的亲朋好友多起来。父亲说："他们都是穷人，年老的我们要给他们送终，年轻的我们要培养他们受教育自立。"于是父母把他俩在家乡的穷亲戚都先后接来了，姥姥、大姨、外甥女、侄女、姑姑、伯母，我们在这个小院里共同生活，节衣缩食，患难与共。

父亲在对外文委工作，负责接待各国友好人士。外国作家来中国访问，上级经常安排父亲在家招待。看到我们一大家子人和谐地住在一个屋檐下，他们感叹简直不可思议。

## 恩爱相始终

父亲翻译的《安徒生童话》在国内影响了几代少年儿童。父亲第一次接触这本书是在剑桥的时候。他读完了这本英文选集觉得不过瘾，又借了德文、法文版，发觉同一个故事，内容翻译出入很大，体现了不同译者的不同理解和水平。他觉得有必要去研究原文，看看安徒生到底是怎么写的。他就利用寒暑假访问丹麦，学习丹麦文，做了大量研究工作。他着迷了，认为必须把这伟大的世界文学名著介绍到中国来。

父亲是从丹麦文翻译《安徒生童话》十六卷全集的第一人，从初译、重译到改写、再版，前后历经40多年。安徒生创作168篇童话也历时40多年。丹麦的汉学家研究了父亲的译文后认为，在全世界500多种文字的译文中，父亲的翻译是最有创造性的，如他把《小人鱼》的篇名翻译成了更加有诗意的《海的女儿》。因为父亲把丹麦最闻名的名片安徒生介绍给了人口最多的大国，丹麦女王在1988年册封他为勋爵。安徒生生前也曾获得同样的爵位。

父亲写东西非常严谨，经常改得密密麻麻、一塌糊涂，除了我母亲，没人能看懂。我母亲就负责抄写和誊清。

我母亲也不是抄抄就完了。她的文笔也非常好，细腻、有文采。作为第一个读者，母亲也有自己的想法，不断提出一些修改意见。可以说，父亲所有中文作品都是我母亲反复提意见修改和抄写出来的。后来我和母亲整理出父亲的全集有1100万字，应该说其中的800万至900万字都有我母亲的一半"功劳"。

1992 年，一直身体很好的父亲突然查出了前列腺癌，而且是晚期，大夫宣布活不过三个月。但凭着父亲的坚强和乐观，大夫的全力救治，母亲的日夜护理和精心调养，半年后，奇迹出现了，病情不仅被控制住，而且开始慢慢好转了。

这一年的 10 月 25 日，父母在病床上庆祝了"金婚"。著名诗人臧克家作诗庆贺："银婚变金婚，两心并一心；恩爱相终始，百岁犹青春。"

此后，父母开始相约"爬格子"，两位白发老人你追我赶，辛勤笔耕。父亲在与病魔作斗争的将近十年时间里，写了一大批珍贵的回忆录、小说、散文，总计 200 多万字。母亲更是不叫一日闲过，一边写作，一边画画。有些人可能不理解，所图何来？他们重视的是争分夺秒的"创造"。母亲在《粗人与绝症》随笔中说：

他一生认为他是平凡渺小的人，他生存的意义只在于创造……我作为和他在风风雨雨中共同生活了 50 余年的老伴儿，他这种"新生"自然也给我的生命增添了某种活力。

# 冬夜的爱情

张佳玮

两年前，回以前在上海的旧居附近见朋友，在一个馆子里等。二位服务生一男一女讲外地口音，坐在门口聊天。

男："你桌上几个菜了？"

女："六个，等汤呢。你几个？"

男："我上齐了。昨天晚上给你打电话没接呢？"

女："我跟同乡老妹喝酒去了。"

男："喝那么久呢？"

女："我酒量好！喝了10瓶。"

男："我酒量就不好。"

女："这说呢，人哪有十全十美的！"

男："这不我看你一眼就醉了。"

女的笑了一声，起身拍了男生脑门一下，拍拍自己的围裙，"我去上菜！"

男生坐着抬头看了女生一会儿，歪了歪头，垂下眼笑了笑。

8年前，那时我还住在长宁附近。冬夜回家，看到路边一位老先生在卖棉花糖。我，一半馋糖了，一半因为上海冬夜的阴湿，难受得想象力丰富起来，生了恻隐之心，于是问那位老先生：

"您还有多少糖？给我做个大的！"

想着这样一来，他就能收摊回去了。

之后的情况超乎我想象。他老人家谢了我，一面真做了一个巨大的棉花糖，大到我得用举火炬的姿势举着——低手怕掉了，平端贴脸，平举胳膊太累了，只好举着。

这么大的棉花糖，当然没法儿在冬夜路上吃——我总觉得吃一口，脸都要陷进去。那只好拿回家了。

话说，这玩意儿大到什么程度呢？那会儿我街区的通宵便利店，到了晚间，两扇门只开一扇，当然还能容一人走进去，然而这宽度，棉花糖就进不去了。

只好去门脸朝街的水果店，买点水果，兼带着一点花生（我们那里，水果店还卖点小零食）。在店里挑水果时，自然也只能单手举着棉花糖。店里另两位顾客目瞪口呆地看着我。店主小伙子在收银台后面圆睁双目，柜台边一个姑娘看着吃吃地笑。

我挑好一只柚子去结账时，店主一边算账，一边时不时抬头看看。

　　我掏钱不易，右手举着棉花糖，左手掏兜拿钱包费劲，姑娘就接过去了，我谢了一声，掏钱；姑娘跟店主嘀咕了几句。

　　店主跟我搭话：

　　"这个……拿着，不太方便吧？"

　　"是，我也没想到会这么大。"

　　"吃得下吗？挺黏的吧？"

　　"估计吃不下，估计得吃一半扔掉。"

　　"我女朋友很喜欢这个，要不，你把这个给我，水果不要钱了。"

　　"行，谢谢了。"

　　于是店主接过棉花糖给女朋友，"你等我关门辛苦了"。我终于轻松了，拿了柚子回家。

　　转天去街角吃麻辣烫时，麻辣烫店的老赵还跟我说呢：前几天晚上，哦哟喂，水果店的那一对拿了个大得不得了的棉花糖，吃一口麻辣烫，就一口棉花糖，哦哟喂，搞得大家都看他们两个……

# 赵锡成的烽火奇缘

崔家蓉

赵锡成，旅美华人船王、福茂集团创办人；美国第一位华裔部长赵小兰的父亲；他六个女儿中有四个毕业于哈佛大学。赵锡成波澜壮阔的奋斗史，是与其爱妻朱木兰女士紧密相连的。

## 一见钟情

张正与朱木兰两个人是最要好的同学，本来在南京的明德女中读书。1949 年初，国共内战由北向南节节推进，惊恐的老百姓开始一批批大迁徙，南迁避祸。张正从南京转到嘉定县立中学借读，投奔住在嘉定的义父母陈容积夫妇。

朱木兰也跟随父母来到了上海。得知此事，张正立刻征得干妈的同意，力邀木兰转到嘉定中学念书，同住在干妈家里。

142

1949年2月初，21岁的赵锡成刚结束"永滦轮"上的寒假实习，回到嘉定，想要去找他的好同学陈乐善聚一聚。当他满身大汗跑进陈家院子的时候，张正跟朱木兰正在打羽毛球。赵锡成看到木兰的第一眼，就傻傻地愣住了。还不满18岁的木兰，小巧玲珑的圆脸，皮肤极为细致，五官舒展，气质清新出尘。他当即知道，自己这一辈子，心里不会再有别人。

赵锡成对朱木兰一见钟情。从此以后，每逢周末，赵锡成都从上海疾疾赶回嘉定，直奔陈乐善家里。在那一个多月里，赵锡成与朱木兰都是跟着一大票同学一起出游。

3月底学校放春假，木兰回上海探望父母。赵锡成放假从上海回嘉定，赶到乐善家里，却没有看到木兰。

## 险沉"太平轮"

心里怅然若失，赵锡成返回校园。在大三课业结束之前的两个月，一家航运公司的船老板到学校选拔实习生，最后，船老板圈选了赵锡成。其实，按照原先学校的分配，赵锡成应该是被分派到后来撞船沉没的"太平轮"上实习，没想到经过老师与船老板一番争论，他转到"天平轮"上实习。而当时的他并不知道自己多么幸运；这一天，他未卜的人生，竟然在老师与船老板的争议声中转危为安。

于是，赵锡成在 1949 年 5 月 15 日，登上了德国制造的大型货船"天平轮"实习。

暮色苍茫中，父亲赵以仁先生从乡下赶到黄浦江龙华三星码头，想亲眼看着他这个即将出息的儿子踏出实习的第一步。父子俩相望无言，做父亲的谨慎地从身上掏出一个小包，里面是 10 枚银圆和 1 张美钞。他小心翼翼地把银圆包好，放进了他制服上衣的口袋。

"天平轮"上传来急促的长鸣。刚上了船，赵锡成赫然发现，父亲给他的那 10 个袁大头不见了！不知什么时候，他呢料制服的上衣口袋被剪了一个漏洞，银圆不翼而飞，他连船上 20 元港币的伙食费都缴不出来。赵锡成没有让当船长的叔叔知道自己遇到了扒手，他告诉自己："不必垂头丧气，我身强体壮，应该会找到办法解决这个问题。"

于是当"天平轮"停靠码头卸货时，赵锡成自告奋勇，充当理货员。他一人兼做两人的工作，日夜加班还帮忙记账。结算工钱时，老板付给他 120 港币，伙食费不再是问题了。

随着"天平轮"从上海航向广州，时局急速恶化。就在赵锡成上船 12 天之后，无线电里传来上海港口遭到封锁的消息，从此，赵锡成有家归不得。他父亲在码头对他最后的凝视，成为诀别的目送。

赵锡成心中黯然，千山独行，他的世界彻底改变了。

"天平轮"一路南驶，经常受到炮弹的轰袭，船上常常没有东西吃。在海上挨饿受怕，是赵锡成从未受过的煎熬。战争挟带着死亡的气息，赵锡成这时没有什么雄心壮志，只心存一念，要逃命，要活着。

赵锡成在战火中别了家乡，1949年是国共内战接近尾声之时。"天平轮"在烽火中一路南驶，平安抵达台湾。劫后余生，赵锡成在台湾与叔父相依为命。

## 众里寻木兰

刚到台湾的那一年，生离死别的震撼与牵绊，悬念与思念，同时在赵锡成心里翻腾。他的悬念，是对生死未卜的双亲；他的思念，是对一个女子的一见钟情。"天平轮"一路南下所到之处，赵锡成都不放弃寻找朱木兰，凭着一股傻劲，在茫茫人海中地毯式地到处寻找她。

刚到台湾不久，"天平轮"停业了，不过赵锡成还算运气不错，很快应聘到亨达航运公司的"有庆轮"，担任代理二副。趁着"有庆轮"在基隆港整修，赵锡成苦读了两个月，在1950年5月，通过了海员特考，取得二副证书。"有庆轮"修复以后，他从代理二副正式升为二副。船泊高雄港，他专程搭火车北上，到叔父家里报告喜讯。不经意间，他看见了报上刊登的高中毕业鉴定考试榜单。在密密麻麻的人名中，赵锡成看到了"朱木兰"三个字！

赵锡成赶到台湾省教育厅，查询木兰的报考数据。赵锡成循线索得知朱木兰目前跟她三舅在同一栋楼上班。

几经周折终于找到木兰的办公室，赵锡成觉得好像在做梦。木兰一身素雅的旗袍，娴静从容，伊人依旧。倒是从天而降的赵锡成，把朱木兰吓得愣呆了。

## 旷世奇缘

说起朱木兰的家世，跟赵锡成的背景确实悬殊。1930 年 3 月，朱木兰在安徽来安出生。祖父朱哲宗育有两个儿子。木兰的伯父朱维纳，是日本早稻田大学律政科毕业。木兰的父亲朱维谦，又名吉甫，从金陵大学法律系毕业，是有名的安徽才子。木兰的国学底子，是受父亲启蒙。

吉甫先生学成后，曾在安徽颍上等地的法院担任法官；撤退到台湾以后，他进入高等法院，出任高级法官。朱木兰的童年，在来安县城青龙街上度过。朱家在来安古城的生意很多，还有声势浩大的自卫队。

木兰的母亲田慧英女士，是安北大田郢望族的女儿。朱家是老式人家，对孩子管教严格。朱木兰从小稳重细心，又很灵活，祖母有时候会叫她帮忙记账。木兰是亲族中长得最灵秀的女孩，祖母时常提醒她："一个人，要看内心，不要光看外表。你要培养自己的内心，要知道怎样去爱人；要爱人的话，你先要知道怎么爱自己。"

赵锡成在台湾找到木兰那天，嘴里镶着金牙，脚上穿着船上的布胶鞋。木兰曾经跟小妹嘀咕："这个人怎么这样打扮！"木兰不喜欢赵锡成的金牙，他赶紧改装门面，把金牙换成了瓷牙。在朱家小妹记忆里，从外表的穿着打扮来看，两个人确实悬殊。

曾经有人问赵锡成："你有没有想过，到台湾以后，万一找不到朱木兰呢？"

赵锡成的回答斩钉截铁："我不会胡思乱想，我就是一定要找到她。"

多年后，朱木兰回忆道："我那时候一看到他就很喜欢。他很风趣，一天到晚开玩笑，但是他的本性实在，做人也很厚道。人家告诉我，他家里不富裕，门不当户不对；而且，他是上海人，又是独生子，叫我小心。可是，爱情是盲目的。"

跟木兰在台北重逢后的那一年多，是赵锡成人生新里程的起点；他漂浮颠簸的人生，走向了严冬过后的春天。赵锡成的人生舞步，开始绕着朱木兰旋转。1951年11月12日，赵锡成实现了他一生中最浪漫的梦想，与木兰在台北成婚。

美梦成真的赵锡成，不仅感恩，也格外思念父母："我跟木兰是烽火姻缘。在战乱中吃了那么多苦，我从没想到会因祸得福，娶了书香世家的木兰。能够跟木兰共度一生，用我父亲的话来说，是我这个'杠徒'的'杠福'。"

# 纸屋

王子君

那是我的纸屋。

在几家住房、几间集体宿舍的外面，既是过道又是大厅的地方（所有这些原来都是做办公场所），用几块三合板围钉起来，就成了一间小屋。小屋不到六平方米，没有封顶，没有窗户，唯一的窗户被封死了，窗后边住着一对年轻的夫妇和他们几岁的孩子，这小小的房间简陋得别具一格。我奉命住了进去，内心按捺不住地激动。在海岛漂泊了两年，终于有了一个独立的空间了。我把纸屋的内墙用白纸糊住，以增加房间亮度，然后，在墙上挂满琐碎的艺术品，这小屋便具有了一种欧洲童话般的色彩，我快乐地把它叫作"纸屋"。

一只风中倦鸟有了一方巢穴，这令我感动不已。那个安适的晚上，一个毫无理由的念头冒了出来：造访纸屋的第一位异性客人，将成为我的爱人。

那是一个星期天的上午。我慵懒地躺在床上看一本充满爱情纠葛的小说。有人敲门。我倏地跳了起来，心中掠过一阵狂喜。

一个陌生的青年站在我的面前，犹如我想望中的英俊潇洒。半年前他被列为我的采访对象而又多次错过了机会。我想象着他坐在钢琴前的神态，站在指挥席上的风度，我的心迷乱起来。而他觉得这纸屋很有情趣，热烈地说他要常来。他要把他的歌带给我，带给这纸屋。

这个人后来真的成了我的丈夫。一切仿佛都是上帝的旨意，我想。

我们很快就热恋了。他说，是我"引诱"了他。但是，我以为同时也是我那狭小而浪漫的纸屋迷惑了他的倦累的灵魂。是我的纸屋，带给了这个终日在太阳底下奔忙，皮肤黑红的男子温馨清爽的夏夜。他说，我像是一只快乐的小鸟，在他的身边飞绕，而且叽叽喳喳地鸣叫。而每当我沉静下来，我就深深凝望他，一种疼痛感觉掠过心尖。我知，这就是爱。

让我做你的妻子吧！我说。我知道，我需要一个家，做我心灵的避风港……

难道你还不是我的妻子吗？他从容地回答着，同时，我们开始商定婚期。

然而，约定的日期远未到来，他出了远门。

　　目送他的身影远去，我又陷入了独自一人的生活，但这一次不同了，心里被思念和隐秘的忧虑所占有。在海南，在这个人心浮躁，情场上充满了骗诈和欺蒙的岛上，爱情像钞票一样挣来又花去，相爱的人今天还如胶似漆，明天就各奔东西。聚散无常的故事太多太多，令我不得不为自己设想，一旦他一去不回，我该如何故作镇静。

　　他果然就没有了音信！没有电话，没有信件，多少天过去，我渐渐地相信了海南是个制造爱情分裂的地方。但我不死心。我按照他走前留的地址发了一封信，在信中，夹了两颗红豆。这南国的红豆啊，你该是一段最相思爱情的见证。

　　仍然是没有回音。我的纸屋的灯光，开始亮到天明。

　　而就在我苦苦地盼苦苦地等待的时候，灾难一个接一个地降临

到我的身上。

一个月朗灯明、椰风吹拂的晚上，我居然遭到了抢劫！我被两个强盗从自行车上揪下来，卡住了脖子。我并不精致的提包被抢了去，我并不贵重却深深珍爱的饰物被抢了去。

紧接着，一个阳光灿烂的上午，我下班回来，发现抽屉被撬，钱没有了，满地乱七八糟的书本。那盗贼是从没有封顶的纸屋墙上爬上去再跳进来的。

我很快就平静下来。我想，这大概就叫作祸不单行！那一年海南的台风好像特别猛烈。我亲爱的纸屋，那童话般的色彩暗淡了，在风雨中摇摇晃晃。我孤独地蜷缩在被子里，默想着三毛的《橄榄树》，想哭。

就在我情绪低落、心境凄冷的时候，我的爱，背着厚重的行囊，面容疲惫，满眼爱意地叩开了我的纸屋。四目相对，我竟默默无语，积压已久的伤痛化作泪水奔涌而出。他这才知道他的残忍的"考验"对我的身心伤害严重。他拥抱着我，发誓说他是属于纸屋的，这温暖的永恒的纸屋。

我们开始策划着婚礼如何进行。我突然想到，结婚就意味着要离开纸屋。想着给了我不寻常的经历的纸屋会变得很遥远，我们将它拍成了照片。经过台风洗礼的纸屋已很残破，但仍然可以让人感觉出它正弥漫温情。

# 二十年后，你还爱我吗

一直以为，《呼啸山庄》是一本冷峻的书，一本难懂的书。

人到四十，第一次翻阅《呼啸山庄》，拿起就放不下了。不少人视经典为大山，望而却步。相比于很多名著，《呼啸山庄》人物只有寥寥数个，故事也要简单得多。阅读《呼啸山庄》，我竟联想到中国伟大的戏剧作品《牡丹亭》。同样都是一个年轻姑娘纯真的爱情梦，不管是玉茗堂前，还是呼啸山庄里，朝朝暮暮，为爱生，为爱死。

2021年，我入手了两本中文版《呼啸山庄》。一本是上海译文出版社出版，方平先生翻译。一本是草鹭设计，南京译林出版，选用已经百岁高龄的杨苡先生的译本。两本都是精装，配书盒，有精美插图，封面都选用插图作为装饰。译文版采用美国插画家艾肯伯格（Fritz Eichenberg）的作品，译林版选用英国女画家莱顿

（Clare Leighton）的作品。

先看译文版。封面上男女两人紧紧相拥：女的长发披肩，十指纤纤，男的头发浓密，鼻梁高挺，正是《呼啸山庄》的两位主人公，卡瑟琳与希克厉（本文人名、译文选用方平先生的翻译）。《呼啸山庄》的地狱之火，全由这两人燃起。小说讲到插图中这一幕时，卡瑟琳已经为人妻、为人母了。她纯洁，却又内心割裂，她依着世俗，嫁给了现在的丈夫林敦，又割舍不下儿时伙伴、内心一直挚爱的希克厉。为此，卡瑟琳精神错乱，濒临死亡。小说中这样写道：

希克厉跪下一条腿，搂着她。他想站起身来，可是她扯住了他的头发，不让他起立。"我但愿我能一直揪住你，直到我们两个都死了为止！我可不管你受着什么样的罪。我才不管你受的罪呢。为什么你就不该受罪呢。我是真受罪呀！你会把我忘掉吗？将来我埋在泥土里之后，你还会快乐吗？二十年之后，你会这么说吗？——'那就是卡瑟琳·欧肖的坟墓啊。从前我爱过她，我失去了她心都碎了。'"

希克厉是卡瑟琳父亲领回呼啸山庄的流浪儿。卡瑟琳深爱希克厉，却最终嫁给了画眉田庄的主人、在世俗看来门当户对的林敦。从此之后，希克厉的存在就如一张无处不在的网，紧紧裹挟着卡瑟琳。而希克厉在卡瑟琳出嫁后也性情大变。他离家出走，返回后买下了收养他的呼啸山庄，从此开始折磨和卡瑟琳相关的所有人，将呼啸山庄变成冰冷的、没有人性的地狱一般的存在。

在两个男人之间摇摆，卡瑟琳饱受折磨，精神错乱。在"最后的见面"不久，卡瑟琳就去世了。

在《呼啸山庄》中，枞树有着巨大的象征意义：

只消看一看宅子尽头的那几株萎靡不振、倾斜得厉害的枞树，那一排瘦削的都向一边倒的荆棘（它们好像伸出手来，乞求阳光和布施），也许你就能捉摸出从山边沿刮来的那一股北风的猛劲了。

萎靡不振、倾斜的枞树，正是被希克厉折磨的，呼啸山庄中人的写照。1948年美国兰登书屋出版《呼啸山庄》，插图使用艾肯伯格的作品，封面插图正是这样一幅干枯的、倾斜的枞树，希克厉背靠大树，猛劲的北风卷起大衣下摆，他仰头望天，仿佛对命运发出无助的天问。

阴郁风格、苦难主题，是插画家艾肯伯格作品的一大特点。他给美国作家爱伦坡的小说绘制的插图和《呼啸山庄》有着极为类似风格，同时加入了爱伦坡小说的魔幻色彩。艾肯伯格曾给俄国

19 世纪的几位伟大作家，比如普希金、屠格涅夫、托尔斯泰、陀思妥耶夫斯基等，制作过精彩的插图，俄国辽阔的大地、俄罗斯人民深重的苦难，在艾肯伯格笔下都有极为有力的表现。

回过头来，再看草鹭版选用的莱顿插图。莱顿是英国插画家，曾给英国小说家哈代的多部作品制作插图，女性的柔美、乡村的宁静是其一大风格。在莱顿的笔下，她始终有一个主题：在前工业化时代，乡间的男女老少与自然的和谐相处。美国兰登书屋在 1931 年版的《呼啸山庄》中使用的是莱顿插图，是她移居美国前的代表作。这一版封面非常简洁，素色书衣，用方框形的几何线条作为书衣装饰。草鹭的设计，沿用兰登书屋 1931 年版的风格，又有细小的变化。

莱顿的《呼啸山庄》插图，安静而甜蜜，初看和小说气质不搭。但仔细读完《呼啸山庄》，我却更喜欢莱顿的风格。在我看来，这个小说其实就是一个三十多岁、没有婚姻经历、没有多少岁月洗礼的女性，通过文学叙事幻想出的一个浪漫爱情。

幻想，正是艾米丽·勃朗特创作的一个重要关键词。从 19 岁的少女时代起，她就记下这样有趣的日记：她一边请管家帮她做家务，一边对一个幻想中的王国进行探索，在家务活与虚构的故事之间，她几乎不做区分。在她成年以后，日记中依然保留了这种特征，现实与幻想，两个完全不同的频道，她可以随时切换。

《呼啸山庄》成就了艾米丽·勃朗特的"盗梦空间",她在这个空间里,构筑了不同的梦境。谁年轻的时候没幻想过为爱的那个人去牺牲,或者我们爱的那个人死去以后的故事?甚至,自己这一代人实现不了的梦想,还希望在下一代人身上实现。在艾米丽·勃朗特笔下,卡瑟琳去世前和希克厉最后的见面,道出了全部真相:她要希克厉一直爱着他,哪怕是在她死后二十年。而这二十年后的"幻想",在小说中成了"现实"。

让我们再看看莱顿画作中的一幅插图吧:场景从呼啸山庄切换到画眉田庄,空气中有紫罗兰的香味,女孩的声音如银铃般地甜蜜,男孩的声音深沉而柔和,一个在给另一个上课,男孩表现好,要了五个吻……

这正是卡瑟琳的下一代,卡瑟琳的女儿卡茜和卡瑟琳哥哥的儿子哈里顿,两个表兄妹相爱了,组成了正常的家庭,画眉田庄有了生机,呼啸山庄也恢复了生机。第二代人的故事,成了卡瑟琳和希克厉悲剧爱情的浪漫投射。

卡瑟琳爱情之梦的另一种浪漫投射,出现在小说结尾。卡瑟琳,卡瑟琳的丈夫,希克厉,三个人相继死后,坟墓被葬在了一起,附近的放羊娃看到了有两人人影出没。艾肯伯格、莱顿均对这一场景做了视觉呈现:艾肯伯格将放羊娃的视线聚焦在两人影影绰绰的背影,好奇地偷看着;莱顿则让放羊娃捂上了双眼,不敢相

信眼前这一幕是真实的。

写到这里，我又有些犹疑。《呼啸山庄》真如我感觉的那么简单吗？自出版以来，将近半个世纪，《呼啸山庄》一直不为世人所理解。

但时间进入 20 世纪，艾米丽·勃朗特声誉日隆，有人甚至认为《呼啸山庄》比《简·爱》更伟大。有人将《呼啸山庄》看作女权主义的伟大作品，在有人看来，《简·爱》要求男女之间平等的爱，但《呼啸山庄》更进一步，就好像艾米丽·勃朗特对夏洛蒂·勃朗特说："你认为在浪漫之爱中男子才具有决定权，我将显示给你看，具有决定权的其实是女性。"

从另一个角度看，在男性主导的社会文化中，从来都是以男人为中心，女人围绕着转，但《呼啸山庄》却恰恰相反，这里的男人是围绕女人的，希克厉的疯癫，希克厉的作恶多端，源头都在他对那个女人一生至死不渝的爱恋。

或许，正如方平先生所说，《呼啸山庄》就像逗留在蒙娜丽莎嘴边的神秘微笑，看似简单，却具有一种永恒的艺术魅力。

# 致天生没什么
# 运气的我们

活着的甜美，不在于享受完美，
而在于享受挣扎。

# 我们为什么不需要完美

张 欣

有一个朋友对我说，你怎么总是气急败坏的。

对哦，为什么？我就是脾气不好，所以见到性格绵软风度优雅的人，无论男女都好羡慕，会张着嘴呆呆地看着人家，内心升起修炼自己的万丈雄心，然后就没有然后了。

在生活中，我们常常见到有的人什么都懂一点，满嘴跑着新名词，但是什么都不精通，然后一事无成徒生抱怨。这不就是年轻时希望自己活得完美埋下的祸根吗？

现在的鸡汤也好，教我们如何成功的课程也好，甚至包括精细化到如何兼顾职场和家庭的女子平衡术，我都可以负责任地说，统统是骗人的，相信就是傻瓜。我们会要求董明珠和蔼可亲吗？会要求贾玲纤细窈窕吗？有人会说我又不想成为她们，我想成为吉娜。

我个人审美不太喜欢这一类的女性，她们会让我想到芭比娃娃。当然也不妨碍众票喜欢，我现在想说的是你无法成为吉娜的原因。先天条件要拼父母，这本身就是人力不可抗拒哈。然后我们后天努力，我是非常赞同后天努力的，但是目标不可以定得太高。我有一个女性朋友有健身习惯，坚持不下去的时候教练就大喊一声霹雳娇

娃，她就继续挥汗如雨，但不等于她就真的变成了美丽的芭比。

我们要达到的目标是每个方面都是六十分，像学历啊，身体素质啊，谈吐品位啊，等等，不能在水平线以下。之后呢，直接画重点，就是必须有一个专长，这个也不用定太高，像日本的寿司大师、天妇罗大师、煮米饭大师，都是我们学习的榜样。总之只要有一件事你做得比别人好，哪怕只好一点点，相信我，就会给你带来无穷快乐。

快乐本身就是人生之本。

目标定得太高就根本达不到，就会责备甚至嫌弃自己直接导致不快乐。再说你的人生目标不是取悦自己而是等着嫁郎朗吗？如果是这样，那我们就不用讨论了，毕竟靠梦想也能活一辈子。后来我对自己的要求就是可以气急败坏，但是不要发火。然后努力做到这一点。至于兼顾什么的我压根儿没想过，因为人是不可能完美的，那反而是人要克服的执念，人只有不完美才能达到某一方面的完美。

我有一个朋友离婚了，说到另一半，她淡淡道，他希望我和孩子完美，永远在我们刚迈过的那个坎儿上面再加一码，令人生厌。比如孩子考上了华师大，他一定要说为什么不能再好一点上北大。我说那他非常完美吗。当然不是。她说。

# 多想做一个晴耕雨读的地主

王祥夫

我于世上的诸多事，其实在心里是要刨根究底的，但在嘴上却从来不问。比如上小学时，学校要每个学生都填一下家庭出身，而我家却是贫农，我知道我的父亲既没种过地也没有在农村居住过，他是十八岁才从日本回来开始学说中国话，与贫农哪会沾什么边？我的父亲真是不缺钱，金子不说，古玉俱是商周生坑，几皮箱的商周古玉一品一个小锦袋儿地放在那里，有时候他会看看这个，再看看那个，不觉已摆得桌上床上满满都是。现在想想，父亲当年的成分应该是花了银子买的，但怎么买？花多少钱买？跟什么人买？我们是不得而知了。

早年坐了绿皮火车"咣啷咣啷"随父母亲回老家去祭祖，王家坟地占地二十余亩，墓地里森森然都是松柏树，那才是静，只有鸟声，幽幽地啼长啼短。那一次，是我对土地有了极为深刻的印象。至今我还都在想，那片地，现在怎么样了？那些松柏树是否森森然依旧？什么时候再回去扫松祭祖？顺便再带些松花粉回来，黍米糕蘸松花粉真是很好吃。我好像又看见母亲在那里用绵白糖调松花粉，先把松花粉慢慢盛到一个碗里，然后再把绵白糖一勺一勺放在松花粉上慢慢调起，母亲忽然抬起头，又长长叹了口气。

我有一个琥珀的闲章，章上的四个字细洁爽利："阳台农民。"而这阳台却非楚襄王的阳台，农民却是我在自指，虽然我没有当过农民也没有土地，但我总在想土地的事。此章为东莞谁堂所治，谁堂是湖南人，客东莞有年，除了治印，他菖蒲也养得好。我也喜欢菖蒲，而且特别喜欢金钱菖蒲和虎须，菖蒲有一种清鲜的气味。

我没在农村待过也没有当过农民。我写短篇小说《五张犁》的时候颇下过几次乡，去看农民们劳作，看他们锄地，看他们收拾菜园子，看他们扬场，唯有这扬场真是流金烁烁，成堆的谷粒被扬起落下、扬起落下，真是好看。我下乡的时候认识了最好的种地把式。那天，天很冷，有个很瘦的老头从我对面走过来，穿着黑布棉袄，一边走一边把两只手放在嘴边只是呵，旁边的人忙小声对我说："他就是好把式五张犁，他就是好把式五张犁。"我问为什么叫"五张犁"？陪我到处转悠的那个人对我说因为这个人一辈子用坏了五张犁，一般人一辈子却只有可能用坏两张或三张。所以人们都叫他"五张犁"，而他的本名"张春女"却被人们淡忘掉了，他是这

一带最好的种地把式。我便记住了这个人，后来想采访他，他却不同意，村里的人悄悄对我说，"因为土地，他的神经已经有点不正常了"。因为他们村离城近，所以土地都给征收了去，被征去了的土地都被改造成了环城花圃，一片红红紫紫。写《五张犁》这篇小说的时候我觉得我的心里一阵阵刺痛，我在小说里是这样写他的：

人们是离土地越来越远了，越来越陌生了，所以五张犁才引起人们的注意……

农民们种地，除了辛苦流汗之外，其实还有一种形式的美在里边，只不过被人们长久地忽略掉了。我不喜欢胡兰成，但他的这句话我却以为概括得极好，他说："乡村里也响亮，城市里也平稳。"这真是一种理想境界，一般人都会以为乡村的生活是寂静的，而他偏用了"响亮"这两个字，这就让我很喜欢，我以为胡兰成是真正懂得乡村的。

我写农村小说，就想让这长期被忽略了的东西再重新回到我们的视野里来。一年四季，春风秋雨，农民的身影其实都是在土地里一俯一仰、一俯一仰，这一俯一仰真是大美，古时的舞蹈无不是先民劳作的写照，收割啊，打麦啊，举手投足可以说皆是舞蹈。过去还有一句话是"晴耕雨读"，这是乡村生活里更加动人的地方，如果说乡村生活分两面，一面是耕——在田地里劳作，而另一面是读——守着南窗读书，下雨天或下雪天，土地的主人们放弃了在田地里的劳作而读书，一盆火，一杯茶，一本书——乡绅文化其实就是这样慢慢慢慢九转金丹般炼成。

我的妻舅，是个老实巴交的农民，而他下雨天或下雪天出不了门的时候照例会给自己沏一杯茶坐在火炉边上读他的《三国演义》或《聊斋》，这两本书他好像读了一辈子，他这样执着于这两部古典名著，真是让我十分喜欢，而这喜欢又有些莫名其妙，说不出为什么好，但我就是觉得好，下雨天下雪天出不了门的时候在家里读书总是要比聚众打麻将来得好。

我有时候甚至想，如果可以，我下一辈子不妨就当一回农民吧，当然要去当有土地的农民，当土地的主人，也就是当地主——如果没有自己的土地那还有什么意思？当有土地的农民——当然也就是当地主，才可以和土地亲近，可以和植物为伍，可以像植物一样知生知死，我以为质朴的人性原来便是这样形成的，该开花时开花，该结果时结果。一冬一春，一生一死，开花时红紫烂漫，花落时满地黄赭。

真正好的人性也真是应该一如土地的厚，可以让万物均有安顿处。

# 听花开的声音

卜毓方

花房设在阳台，阳台的外面是莺飞草长的柳荫公园，公园的树梢衬着一轮杲杲的春阳，阳光肆无忌惮地染亮我沙发的靠背，我背倚沙发半躺半坐，双腿搁在圆凳上，手里拿着一本书，迷迷糊糊地睡着了。

蓦地惊醒，是听到了——花开的声音。

这是第二回了。

第一回在前天，不，大前天。也是因为伏案过劳，身心俱疲，索性步出书斋，移坐阳台，捧一本书，权作休憩。没承想才翻得几页，就让暖融融的阳光拽入了梦乡。恍惚中，捕捉到花瓣舒张的翕动，若呼若吸，若吟若哦。我一个激灵，醒了，四处张望，啊！是蝴蝶兰，扇着翅膀赧然吟笑的蝴蝶兰。

我把惊喜报告夫人。

"你神经病！"夫人说，"花开的声音，人的耳朵是听不到的，要用专门仪器。"

我不服气。我明明听到了。

我的听觉一向敏锐，能把一切细微的声波放大十倍百倍。以前人们说我神经衰弱，医生也是这么诊断的。我睡觉时，需要严格的安静，同室的鼾息、时钟的咔嚓、水龙头的滴漏，固然属于困扰，就连室外的风喧、深巷的狗吠、远处隐隐的市嚣，也令我辗转反侧。

住所背对马路，面临公园，闹中取静。只是也有微憾，公园里有数湾湖塘，每年惊蛰前后，自暮至夜，水浒草泽雄蛙群体求偶，阁阁而啼，此呼彼应，如瀑如潮。戴复古诗曰："身在乱蛙声里睡，心从化蝶梦中归。"我可没有那本事，唯一的应对，就是关严窗子，塞紧耳塞，实在不行，服一粒安眠药。

那是两年前春末夏初的某日，我边翻书，边听歌曲。是《郊道》合集，30位男女歌星轮番炫技。很酷，简直像打擂台。第四位是邓丽君，甫一开口，"夜深沉，声悄悄，月色昏暗——"，我旋即震撼了，而且扔掉书本正襟危坐，全神贯注，惊讶那歌声不是从丹田迸发，而是从茫茫太空九重云霄倾泻而下。

"曲有误，周郎顾"，语出《三国志》。

周郎就是周瑜，天纵英武，而且雅善音律，酒酣耳热之际，抚琴女子偶尔按错一个音节，他也能瞬间警觉，并且朝女子扬眉一瞥，以示提醒。我耳笨，这种幽微之"误"是听不出来的，但是唱得好还是不好，总归是茶壶里煮饺子——心里有数。

前面三位歌星，名字忘了，听其中最佳者亮嗓，顿时想起王勃的诗"爽籁发而清风生，纤歌凝而白云遏"——这是写在《滕王阁序》里的——称得上是人籁、地籁。

唯邓女士的歌喉，令我想起王勃的另两句诗"落霞与孤鹜齐飞，秋水共长天一色"，不折不扣的天籁。

天籁、地籁、人籁云云，出自庄子的《齐物论》。籁，是古代的一种管乐。天籁，指自然界的声响，如风声、鸟声、流水声。

既然风声、鸟声、流水声皆为天籁，那么蛙鸣岂不也可与之并列？我的耳朵为什么如此缺乏修养，抵死不肯接纳？

随即上网，点开一首熟悉的《森林狂想曲》，那里有大自然的百种吟弄千种喧阗，其中，间杂着蛙鸣。

听了，觉得不过瘾，夜晚去公园，蹲在湖塘草岸，录了一段蛙界歌手的合唱。

接下来的聆听，我不说，你也猜得到。在既往，那是蛙鸣鸥叫，蛙鸣狗吠，蛙鸣蝉噪，听觉的重度污染；如今，观念一变，感情随之升温，那是"黄梅时节家家雨，青草池塘处处蛙""稻花香

里说丰年，听取蛙声一片"，此曲只应乡间有，城市哪得几回闻！

蛙鸣为了求偶，是最大的爱，最高的善。我从雄蛙的引吭高歌中听出了气质、音色、音量，听出了觅爱追欢、琴瑟和鸣、海誓山盟，听出了乾坤一理万古相传的生命密咒，不，密码。

我特意为它配上钢琴曲《梦中的婚礼》。

我对户外的其他声响，曾经认为是噪声的，如风啸、狗吠、蝉鸣，也日渐滋情生爱，那都是钧天广乐的自然生态，是万类生而享有的"自在权""自如权"。

过了一段日子,蛙哥蛙妹谈情完毕,进入婚配,生男育女,昼劳夜作。歌声停歇,我倒觉得寂寞起来。

今日,刚才,我在朦胧中再次听到花开的声音,细细碎碎,喁喁切切。睁开眼,阳台高高低低搁着数十盆花,大半盛开着,一律掩口笑,我糊涂了,难以判断究竟是杜鹃,还是水仙;是月季,还是山茶。想给夫人说一下,又怕再惹嘲讽,我就掖着,自个偷着乐。张靓颖的那首歌是怎么唱的?"不在乎这世界有多吵/听花开的声音/暖暖的你看着我灿烂的微笑。"

今朝黎明即起,赶写一篇关于龆年的回忆,在电脑上忙活到晌午,毕竟韶华不在,龙钟不是龙马,我需要继续休息,哪怕是片刻的假寐。潜意识中,犹自得陇望蜀,得寸进尺,期盼捕获花卉的心语,不仅是瓣音。

不知道睡了多久,一种从未感受过的异质音籁将我唤醒,恍若满室的花朵如童话中的仙女在载歌载舞。啊,是,但不完全是;主角,或者说总指挥,是破空而至的阳光:它在无垠无梦的太虚中飞啊飞啊,飞了 亿五千万公里,抵达地球,穿轩入户,在我的心之耳鼓弹奏出黄澄澄、金灿灿、绝对纯粹、绝对明净的光之和弦……

# 独处的闲章

## 雨

　　阴沉的天气是适合独处的，适合在一间有窗子的屋子里，抬头的瞬间看到雨，低头的瞬间看到自己。

　　我对西洲说，真希望这样的雨一直下下去，希望下一个月，不去上班，就这样坐着看着她。西洲说，梅雨季节是可以这样下的，可是，还是要上班。也许像我们这类人永远也无法沉到生活的底部去，生活像海洋的波涛一般永远也无法把我们淹没，我们在沉闷的厚实的空气中像蚂蚁，啃噬出微细的缝隙，留给自己。这种缝隙，在我看来，也是一扇窗子。

　　独处，到底是一种欣悦，还是一种悲伤？站在生活之中，到底是可以时刻拥有变革与离别的能力，还是应该老实本分在脊背上建

178

筑荒凉的幸福？当淡淡的音乐在雨水中细密地流淌，我在想，那布满天地间的雨丝，那接连大地与天空的水晶之串，是不是一个又一个固执、偏执而在独自坠落的精灵。只不过这一刻，它们以集体的姿势呈现在我们的面前了而已。

那么，此时，一扇窗子的存在，就显得尤为珍贵了。它的存在，是独处的见证，也是实现。坐在窗前看着那灰色一片。在朦胧之中，每个观雨的人，是否可以寻见那一枚与之心灵亲近又疏离的雨滴呢？存在，在自然之深沉与美好中，给彼此一种传递，一种温暖。

## 音乐

音乐更是独处的艺术，是艺术本身在时间里的独处。

夜晚是音乐这种精灵最为肆意的时刻，与之相媲美的恐怕只有黄昏。这样想来，音乐总有一种生命的力量，在所有的艺术中，它是最为转瞬即逝的，不像文字、绘画，甚至舞蹈。在没有录音设备存在的时代，每一次出现和再次出现，都使得这种艺术饱含着最为精准的时间与心灵的碰撞感。

而转瞬即逝的事物，是最知道永恒的意义的。就像向死而生的生灵，像阅读蒲宁小说集时，曾为那种每一步都覆盖一层光阴的尘土而因此更加接近生命本质的美学惊叹。被存在的方式，定义的瞬间与永恒，却是最为能超越存在而发生的，这种独特的超越

啊，又仿佛不再只是一种"自由"所能阐释的了。

不同的境遇，心就属于不同的瞬间，被不同的瞬间一刻，雕刻了永恒。在时间的艺术里，音符本身就显示着一种无拘无束的美感，它在实心与空心之中变幻，在简单与复杂之间跳跃，在高与低之间回荡，在有与无之间翻转……谁能够猜度一首乐曲的心思？不同的赋予，就是它存在的方式。

## 独处

最为朴素的道理诉说着，独处不是无中生有，不是空穴来风，但它恰恰做着有与无之间微妙的链接。

一个生命在某一时刻的独处，让我想到万里苍穹中闪烁的一枚孤星，想到悬崖峭壁上生长的古树或者花朵，甚至深谷里的小溪，想到一个身患疾病的人，一个衰老者。这些在生存中确实存在的生命，只不过在存在的姿势和态势上，拥有了独特的生命意识，我因此想到那本记录着几代人独处的《百年孤独》，想到作家张惠雯笔下的《水晶孩童》……独处是别众生之喧嚷而取清心寡欲的淡定之艺术，也是在安静之中升腾温暖的热爱之艺术，就像加缪在《局外人》里写下的那个人，我在疏离的寒冷中，读到纯粹更本真的爱，近乎脆弱的爱，似乎比其热烈燃烧与波涛汹涌更加是"存在"的姿态。

无法抵达一个藏身之处，即使死亡，也无法完成这样的梦想。

在一切都被证实、被现实、被定格得那么无懈可击时，想象力的存在与独处一样处于卑微的地带，那么永恒到底具有怎样的诱惑？永恒里的卑微，像随风舞动的那枚叶子，在漂泊之中，敞开，敞开。最大的敞开是可以去看、去感受、去心疼，是理解，就像《百年孤独》中说的那样："不是爱，也不是恨，而是对孤独的深切理解。"

梦想之美，终在其遥不可及，追逐的姿势总是艺术的姿势。

独处，在路上。

# 人生需要出走

余光中

　　从前英国的大学生在毕业之后常去南欧，尤其是去意大利"壮游"：出身剑桥的米尔顿、格瑞、拜伦莫不如此。拜伦一直旅行到小亚细亚，以当日说来，游踪够远的了。孔子适周，问礼于老子。司马迁 20 岁"南游江淮，上会稽，探禹穴，窥九疑，浮于沅湘；北涉汶泗，讲业齐鲁之都，观孔子遗风……"，也是一程具有文化意义的壮游。苏辙认为司马迁文有奇气，得之于游历，所以他自己也要"求天下奇闻壮观，以知天地之广大。过秦汉之故都，恣观终南嵩华之高，北顾黄河之奔流，慨然想见古之豪杰"。

　　值得注意的是：苏辙自言对高山的观赏，是"恣观"。恣，正是尽情的意思。中国人面对大自然，确乎尽情尽兴，甚至在贬官沅谪之际，仍能像柳宗元那样"自肆于山水间"。

徐文长不得志，也"恣情山水，走齐鲁燕赵之地，穷览朔漠"。恣也好，肆也好，都说明游览的尽情。柳宗元初登西山，流连忘返以至昏暮，"心凝形释，与万化冥合"。游兴到了这个地步，也真可以忘忧了。

并不是所有的智者都喜欢旅行。康德曾经畅论地理和人种学，但是终生没有离开过科尼斯堡。每天下午三点半，他都穿着灰衣，曳着手杖，出门去散步，却不能说是旅行。崇拜他的晚辈叔本华，也每天下午散步两小时，风雨无阻，但是走来走去只在菩提树掩映的街，这么走了 27 年，也没有走出法兰克福。另一位哲人培根，所持的却是传统贵族观点。他说："旅行补足少年的教育，增长老年的经验。"

但是许多人旅行只是为了乐趣，为了自由自在，逍遥容与。中国人说"流水不腐"，西方人说"滚石无苔"，都因为一直在动。最浪漫的该是小说家史蒂文森了。他在《驴背行》里宣称："至于我，旅行的目的并不是要去那里，只是为了前进。我是为旅行而旅行。最要紧的是不要停下来。"在《浪子吟》里他说得更加洒脱："我只要头上有天，脚下有路。"

至于旅行的方式，当然不一而足。有良伴同行诚然是一大快事，不过这种人太难求了。就算能找得到，财力和体力也要相当，又要同时有暇，何况路远人疲，日子一久，就算是两个圣人恐怕也难以相忍。倒是尊卑有序的主仆或者师徒一同上路，像"吉诃德先生"或《西游记》里的关系，比较容易持久。也难怪潘来要说"群游不久"。西方的作家也主张独游。吉普林认为独游才走得快。杰弗逊也认为：独游比较有益，因为较多思索。

独游有双重好处。第一是绝无拘束，一切可以按自己的兴趣去做，只要忍受一点寂寞，便换来莫大的自由。独游的另一种好处，是能够深入异乡。群游的人等于把自己和世界隔开，中间隔着的正是自己的游伴。游伴愈多，愈看不清周围的世界。彼此之间至少要维持最起码的礼貌和间歇发作的对话，已经不很清闲了。

古人旅行虽然备尝舟车辛苦，可是山一程又水一程，不但深入民间，也深入自然。就算是骑马，对髀肉当然要苦些，却也看得比较真切。像陆游那样"细雨骑驴入剑门"，比起半靠在飞机的沙发里凌空越过剑门，总有意思得多了。大凡交通方式愈原始，关山行旅的风尘之感就愈强烈，而旅人的成就感也愈高。35 年前我随母亲从香港迁去台湾，乘的是轮船，风浪里倾侧了两天两夜，才眺见基隆浮在水上。现在飞去台湾，只是进出海关而已，一点风波、风尘的跋涉感都没有，要坐船，也坐不成了。所以我旅行时，只要能乘火车，就不乘飞机。要是能自己驾车，当然更好。

旅人把习惯之茧咬破，飞到外面的世界去，大大小小的烦恼，一股脑儿都留在自己的城里。习惯造成的厌倦感，令人迟钝。一过海关，这种苔藓附身一般的感觉就摆脱了。旅行不但是空间之变，也是时间之变。一上了旅途，日常生活的秩序全都乱了，其实，旅人并没有"日常"生活。也因为如此，我们旅行的时候，常常会忘记今天是星期几，而遗忘时间也就是忘忧。何况不同的国度有不同的时间，你已经不用原来的时间了，怎么还会受制于原来的现实呢？

旅行的前夕，会逐渐预感出发的兴奋，现有的烦恼似乎较易忍受。刚回家的几天，抚弄着带回来的纪念品像抚弄战利品，翻阅着冲洗出来的照片像检阅得意的战绩，血液里似乎还流着旅途的动感。回忆起来，连钱包遭窃或是误掉班机都成了趣事。听人阔谈旅途的趣事，跟听人追述艳遇一样，尽管听的人隔靴搔痒，半信半疑之余，勉力维持礼貌的笑容，可是说的人总是眉飞色舞，再三交代细节，却意犹未尽。所以旅行的前后都受到相当愉快的波动，几乎说得上是精神上的换血，可以解忧。

当然，再长的旅途也会把行人带回家来，靴底黏着远方的尘土。世界上一切的桥、一切的路，无论是多少左转右弯，最后总是回到自己的门口。然则出门旅行，也不过像醉酒一样，解忧的时效终归有限，而宿醒醒来，是同样的惘惘。

# 致天生没什么运气的我们

艾小羊

一个朋友拉了个群，群名叫"天生没什么运气的我们"。

我进去一看。群里有大公司 HR 主管、连锁花店创始人、餐饮界大佬、大学教授、编剧、导演。我说你这个群按市价应该叫女神男神群，或者大咖大牛群，怎么就成了没有运气群。她笑笑说："因为这群里的每个人，都不是靠运气走到今天的。"

运气这东西有没有？有的。

我一个小侄子，家人称他"霉蛋"。他去洗澡，澡堂锅炉检修；他去同学家吃饭，同学妈妈饭做一半，煤气没了；他点个外卖，结果吃到死蟑螂。他是个有故事的男同学，人生充满微小的意外。

心理学上有个名词叫"孕妇效应"，指一个人越关注某种现

188

象，这种现象越经常出现在他面前。所谓"相由心生，境由心造"。每次我回老家，家人说起小侄子的倒霉事，一串又一串，跟冰糖葫芦差不多。但我不确定，他是真这么倒霉，还是"孕妇效应"。

小侄子读高中后，成了一个性格谨慎的人。不仅学习认真，而且每逢大考必定按时睡觉，比平时提前半个小时出门，三顿饭只吃鸡蛋面条。因为知道自己容易倒霉，所以特别小心，由此成功扭转了霉运。

所以你说他到底是运气好，还是运气差？说不清。

运气就像一个独立的宇宙，你既不知道它是好是坏，更不知道何时与你擦肩而过。对于这个性情怪异、难以捉摸的家伙，除了无视，实在找不到更好的办法去面对它。

谁活着还不是"好运不常有，坏运三连击"？

一个朋友炒股票，总说自己运气不好。我以前只是听着，后来忍不住详细问了一下，他当然也赚过钱，只是没卖，又亏回去了。我说你要不贪心，可能运气能好点儿。他说就是运气不好啊，我才赚了 10 个点，别人都赚 20 个点啦。

"运气是强者的自谦，弱者的借口"，运气也是一个任人打扮的小姑娘，看不着，摸不到，你说是啥就是啥。

"天生没什么运气的我们"这个群，宗旨就是假装世界上从来没有发明过"运气"这个词。当你遇到不好的事情，原因可能是不够努力、预判不足、贪心、得罪人了、能力欠缺等等等等，缺啥补啥，跟霉运无关。

当你遇到好事儿，原因可能是足够努力、判断准确、广结善缘、能力强等等等等，一分耕耘一分收获，跟好运无关。

当你的生命中剔除"运气"，你会发现天高地阔，人生的效率明显提高。

一个任务摆在你面前，你不会再花时间和精力去考虑结果如何，而是分步骤考虑如何实施。如果每一步都对，结果却错了，一定不是因为运气，而是你错过了某个关键点的判断。

与"good lucky"相比，我觉得"天生没什么运气的我们"更励志。

因为天生没什么运气，人生就不必指望好运。只能一点点去经营自己的生活，一点点去完善自己的人格；钱要一点点地赚，远离为你画馅饼的人；路要一步步走，与其相信风口，不如相信时间。

生命的果实，是逐渐复制和累积的过程。成功之后，分析成功的步骤，才能复制另一次成功；失败之后，复盘失败的原因，就能避免同样的失败。这才是每一步都算数。

而运气则是一笔糊涂账，是一种偷懒式的感性判断，最终，你既不知道自己怎样生，也不知道自己怎样死。

好运气就像"爱豆"，它存在、它美好，但你就是指望不上，不如不粉。

坏运气就像岁月，它流逝、它残酷，但你完全无能为力，不如不想。

这世界上大多数的人，都是"天生没什么运气的我们"，有时顺风顺水，有时路遇险阻。

无论什么时候，人生的三板斧无非是接纳、解决与放下，还能怎样？

# 给自己活，不是活给别人看

橙 子

香港演员李菁在落魄时曾经对林青霞说，有钱嘛穿高跟鞋，没钱就穿平底鞋啰。是的，那时我们都爱穿高跟鞋，逛街、跳舞、上班、约会……十几年前，还是高跟鞋的年代，痛不痛自己知道，美不美一定让别人看到。

2008 年，那时我们单位所在地方还叫城乡接合部，单位的大薛家就在附近，老宅子刚刚拆迁，大薛全款买了个悍马车，眼都没有眨一下，悍马怎么好，不知道，但是它贵呀。

大薛喜欢穿高跟鞋，小拇指上磨出鸡眼，走路一瘸一拐的，忍着痛继续穿，说提升气质。开了几年悍马，气质提升没提升不明显，体重倒是提升了 40 斤，飙升到 160 斤，人也不怎么开心了。一次单位体检，医生专门把她叫过去，说：你去专科医院排查一下，你这有几项关键癌指标都高。

出了医院门，大薛开着悍马停在路口等红绿灯，看着来来往往的人，眼泪止不住地流，从来没有感到马路上的人流是那么温暖，那么可爱。红尘里的温暖不是你开着悍马，而是你开心正常身体健康，给自己活，不是活给别人看。

大薛去了专科医院，专家看看各项检查报告，说：没啥事，注意锻炼，减肥，保持好心情。痛定思痛，从此，大薛换上平底鞋，又开始了挤公交车的生活。一年下来，大薛体重恢复到 120 斤。人啊，要多奇怪就有多奇怪，吃吃喝喝单单享福不行，得有事干，得干活儿，干活儿干活儿，干了才能活。

大薛换回了平底鞋，发现女人们都换上了平底鞋。不用披着黄金铠甲追求气场一丈八，好时节便是，心地清凉，热恼自息。

中午午休的时候，大薛和我们几个女人一起拼团购物。150 块钱的裙子，穿着挺好，平底鞋配裙子，也不错啊。LV 也不用了，说躺沉，没有拉链，麻烦，拿一个布口袋，装得多，轻便。李子也曾经拿着布口袋，装着学术论文，参加一个国际研讨会。我们说，大薛，你跟我们工薪族瞎掺和啥？人薛说，追求那些个形式，没劲——买个几万块钱的床，晚上照样睡不着觉，还不如睡木板床一夜到天亮。

活在别人的目光里，不如好好地活自己，自信是内心的强大，

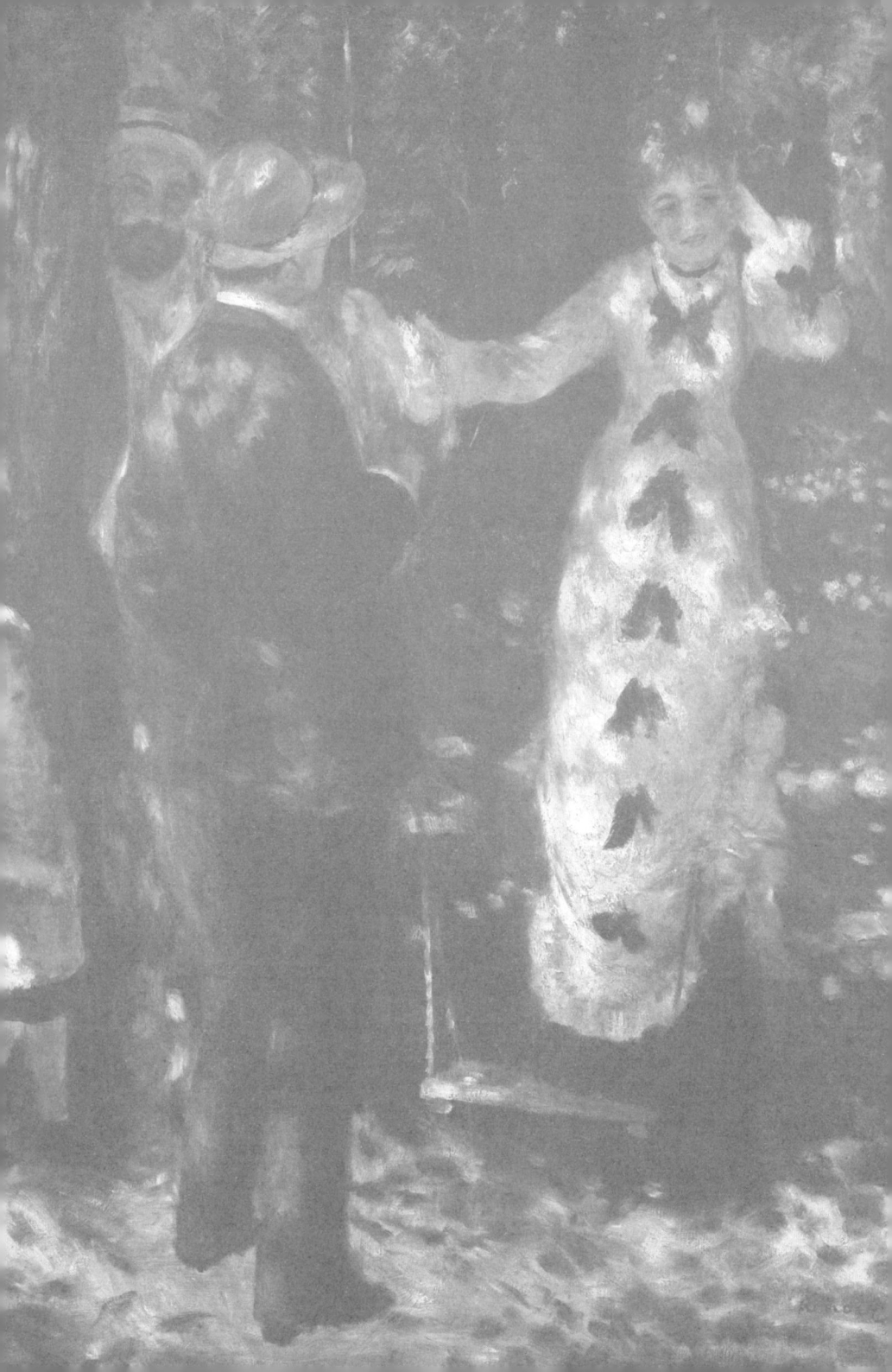

不是外表的浮华。办公室的一个犄角，放着一个鞋盒子，一双高调的高跟鞋低调地躺在那里，如果有会议必须穿的时候，穿一下和气氛相搭。

如今，单位电梯里穿着粗布衣衫平底黑布鞋的清瘦老者，是我们公司的大 boss。气场一万八，大家毕恭毕敬。我们也穿着平底鞋，大 boss 舒服，我们也得舒服啊，世事艰辛，决不能再蹂躏自己的玉足，生活需要舒适。

我住的小区里一个矍铄老刘头，天天拎着一根棍子，穿着圆口黑布鞋四处溜达，把小区里的人家摸得"透熟"：谁和谁为什么不对付，谁家有家教，谁家有什么困难……居委会把老刘头招安了，让他和孤寡老人聊天，解决了张三李四干仗问题……

老刘头的儿子回来说：爸，二环里两套房，一套租，一套住，儿女们也不需要你帮，你天天去居委会费这神干吗……老刘头说：千金难买我乐意，人和人之间得交流，谁都不理谁，过得多憋屈——想当年，我干侦察兵，这点事能难住我？

无论我们穷过还是富过，无论是高跟鞋还是平底鞋，都是我们的生活。穿着布鞋也会生出一份恬淡，一处心安。

# 现在才是最好的状态

王文华

朋友病了，大家去医院看他。离开后在医院门口感叹："唉，这么年轻就生病了！"

另一人说："去年底还听他说，等到工作状态好一点时，就带孩子去迪士尼乐园。"

听到这话，我心中闪过好几个类似的场景。

"等到……我就……"是从小到大最常用的句型。

现在的状态永远不够好到可以放心去玩、去结婚、去陪小孩、去环游世界。我们坚持要等到更佳状态，才开始对自己好。人生永远在"等待"，谈恋爱、陪小孩这些简单的快乐，一直被排在重重关卡之后。我们不觉得有什么损失，反而认为这是因为自己胸怀大志。

就这样，我们做的每一件事，都是"手段"。考上了第一志愿，是为了要以第一名毕业。升了官，是为了要当上总经理。活着，永远是在布局。醒来，就开始算计。我们不敢开香槟，因为还要再接再厉。不敢休假，因为对手都在打拼。我们不允许自己快乐，不允许自己关机，然后给了这种生活方式一个好听的名字，叫"生涯规划"。

算计和规划没什么不好，没有算计和规划的人生，活不出浓度和深度。但算计和规划会上瘾，很少人能在过头之前喊停。

结了婚，要买房子，买了房子，要把房贷缴清。房贷缴清，要换大一点的房子。换了大房子，要换好一点的车子……

升了官，要当上总经理。当了总经理，要冲业绩巩固自己的地位。地位巩固了，猎头公司来找你当更大公司的总经理……

这样下去，永远不会"安定下来"，永远没时间"陪小孩儿"。

很少有人能及时喊停，所以命运帮我们做这件事。

生了大病，不能再拼了。这时你猛然发现：过去的战功彪炳，也只是一团空气。你醒了。

婚姻破碎，老婆不要你了，你从未陪伴的孩子冷漠地看着你，这时你猛然发现：你为了"安定下来"而一路追求的东西，反而给生活很多不安定。你醒了。

醒了还算幸运。没醒的人在老婆、孩子走了后，变本加厉地投入工作，因为突然没有"后顾之忧"了。

其实那些"后顾之忧"，才是活着的目的。我们往前冲，一开始是为了让紧靠在背后的人有更好的生活。但时间久了，就忘了为什么往前，同时也把原本紧靠在背后的人，远远抛在另一个星球。

瞻前顾后，让生命更深刻。一味往前冲很容易，就像开车只会往前开。开车的乐趣，除了加速之外，还要减速、转弯、倒车、停车。

人生也一样。

当命运帮我们减停时，有时它会给我们第二次机会，有时不会。

有第二次机会的，彻底改变了优先级和思考逻辑，赢回后半个人生。虽然只有半个，已是大幸。

没有第二次机会的，就变成朋友在医院外感叹的对象。但朋友们感叹完后，真的能从他的故事中学到教训吗？难！这是人生跟我们开的大玩笑：除非亲身经历重大变故，不会长智慧。但经历了重大变故，长的智慧也用不到了。

想到这玩笑，我回到现实。医院门口的风总是冰凉，朋友的鬓角开始结霜。眼前是一起长大、一起青春、一起迈向中年的朋友。如今每次见面，都是在这种场合。

一人说："我先走了，改天大家不忙时，约个时间吃饭吧。"

我冒出一句："就今天吧！"

"今晚不行，"一位朋友说，"公司有事。周末好不好？"

"当然好了！"我说。我怎么会因为不合我意就缺席呢？人生永远不会有完美的结果！不同阶段，有不同的美好和挣扎。人生不会等我们准备好，想快乐要扑上去。活着的甜美，不在于享受完美，而在于享受挣扎。过去，带着虚幻的美好。未来，可能不会发生。只有挣扎的现在，才是最好的状态。

# 人总有一天会空缺

　　玉米秧子被牛踩了一脚之后，它站过的地方就陷了下去，空出一株玉米秧的位置。我盯着那个不大不小的坑，那株玉米秧子紧贴着地面，没有一点要站起来的意思。我看着它，想不通怎么能这样，一株玉米秧子怎么会说死就死了？

　　我总觉得，指甲长了剪短又长上来，韭菜割了过些日子又是一茬，树叶黄了会绿，但竟然有些东西空缺了就再也不回来了。越想越失落，并且有一种顿悟了的感觉，才明白这世界上有很多东西，就像被踩进土里的玉米秧一样，总有一天会突然空缺。并且这种空缺，谁都会遇得到，甚至还伴随一生。

　　我从童年开始，就在经历各种空缺，并记住它们所带来的滋味和创伤。

小时候寡言，怕到人群里去，路上遇见村庄里的人只是嘿嘿一笑，远远看到亲戚走过来，还会悄悄躲起来。去学校上学，看到老师黑黑的脸，就想把自己从教室里抽出来，倒回到家里。不过还是得面对，我整天闷不吭声，用老师的话说，半截子木头一样长在板凳上，看到就觉得别扭。这种静态的别扭，直到遇到堆金才得以缓解。他和我相反，一上课就想说话，每一任同桌都受不了他，老师觉得我不说话，堆金要是坐我身边想说话也没得说，没想到弄巧成拙，堆金竟然打开了我这把生硬的锁。

他竟然成了我遇到的第一个突然消失了的人。他将一瓶劣质白酒灌进自己 12 岁的身体后，就再也没有醒来。从此，教室里那张课桌的一边就空出一个 12 岁孩子的位置，我坐在旁边，守着一个巨大的空洞。

堆金的离开让我明白了人有一天也是会突然空缺的，但是母亲的离开，却让我理解了空缺带来的痛到骨子里的悲伤。毫无征兆，我在放学回家的途中被截住了，来接我的人说母亲出事了，得赶紧去看看。她被送到医院前眼睛还是睁的，送回来就一直闭着眼睛。那个傍晚，在一一和亲人们告别之后，从此家里的院子里、炕上、饭桌上就空出母亲的位置。父亲和他的几个孩子守着母亲留下的空缺，度日如年。

这样的日子一直持续到父亲被我带进城。我像移走一棵树一

样，硬生生把父亲连根拔起，让他带着原土来到这座城市。村庄里空出来的部分，突然出现在城市的小区里，又变成了另一种风景。这个走路佝偻着腰的小个子男人，一张嘴就露出两排黄牙，不用说话就知道方言一定带着土味。滑稽的是，他怀里抱着的小姑娘，咿咿呀呀说一口普通话。父亲小心翼翼，怕露出破绽，这个在村庄里无比威严的父亲，没有了在田间地头的神气，没有喝酒打牌时的狡黠，面带怯色，悄悄地活着。

村庄里突然迁走一棵树，或许没有人操心它去了哪里，但是一个人的位置突然空了出来，会有很多人关心他的去处。刚来城里的时候，父亲的手机总是不闲着，不是他打给村庄，就是村庄里有人打给他。其实，电话接通也没啥说的，无非就是问问对方好着吗，然后就不知道说啥。每次放假前，父亲总会像马上放假的孩子一样迫不及待，得到我的应允之后，他大半夜就爬起来去车站。我从来没教过他怎么买票，但是每一次他都会很顺利地返回故乡，用自己的方式去填补那个缺失了许久的空缺。

那年清明节，陪父亲回村庄给先人们上坟。两个空缺者回到村庄，跪倒在坟地里，疯长的野草把每一个坟堆盖得严严实实的，父亲清理完他父亲身边的草，又清理了我的母亲身边的草，然后在两座坟之间，清出一块空地。

父亲不说，我心里明白，这块空地，是他留给自己的。这时候把它空出来，是想着在村庄里早早选下一块空地方，安放这些年的空缺，以及多年后将永远空缺的自己。

# 问候心情

张庆和

  心情需要问候。因为，心情是大千世界里风霜雨雪的产儿，心情是精神家族的重要成员。也因为，有时候心情很不幸，心情很劳累很辛苦。

  好心情会吹来和煦馨风，好心情能降临绵绵好雨。好心情来了，那是飘然而至的天使，她遏制邪恶，她消除灾难，她还人世一片安详与宁静。

  然而，好心情并非永远常驻，有时候它也很坏。一旦坏起来，它会甩出惊天动地的一串串雷电，它能制作掀翻舟楫的一丛丛狂澜。坏心情来了，那是挟沙裹石的怪气。它寻衅滋事，它平生祸殃，把好端端一方天地，搅得浑噩不堪。

  即便如此，心情依然需要问候。因为，坏心情往往是由于好心情得不到应有的认可而改正归邪；坏心情也常常由于受到了应有的抚慰而变换了角色。所以，坏心情和好心情一样，都可能因时、因地、因人、因是否得到了理解和尊重而改变其方向。

是应该问候心情了。可心情在哪儿？

不是说心情无处不在，心情无时不有吗？然而，谁又看见过心情的影子，谁又听到过心情的声音！

那举动是被心情操纵吗？那行止是被心情役使吗？倾听那一曲哀怨而忧郁的歌唱吧！悉听那一声发自肺腑的呐喊与浩叹吧！聆听那一句情真意切的苦心规劝吧！还有，那乞而无门、求而无助、无可奈何的娓娓倾诉……

这便是心情了。它有如身体内部的软组织，有如行走在肌体里的气血津。它协调平衡，它抵御疾患，它为生命的健康不知疲倦地工作着。

当然，有人也说心情还是一种味道。咀嚼它，能品出人世间的酸，能品出人生里的甜，能品出命运中的苦，能品出心灵上的辣，也能品出生命内的咸……心情是那道丰富生活的多味素呢！

但人们更需要、更喜欢的还是被好心情孵化出的那熏风般的温暖、和煦与明丽。

这是企盼，这是追求，同时也是人们随时随地都会得到或者失去的一种存在。

问候心情吧。从她那里，每个人都可以回收自己的付出，每个人都可以获得"问候"的回报。

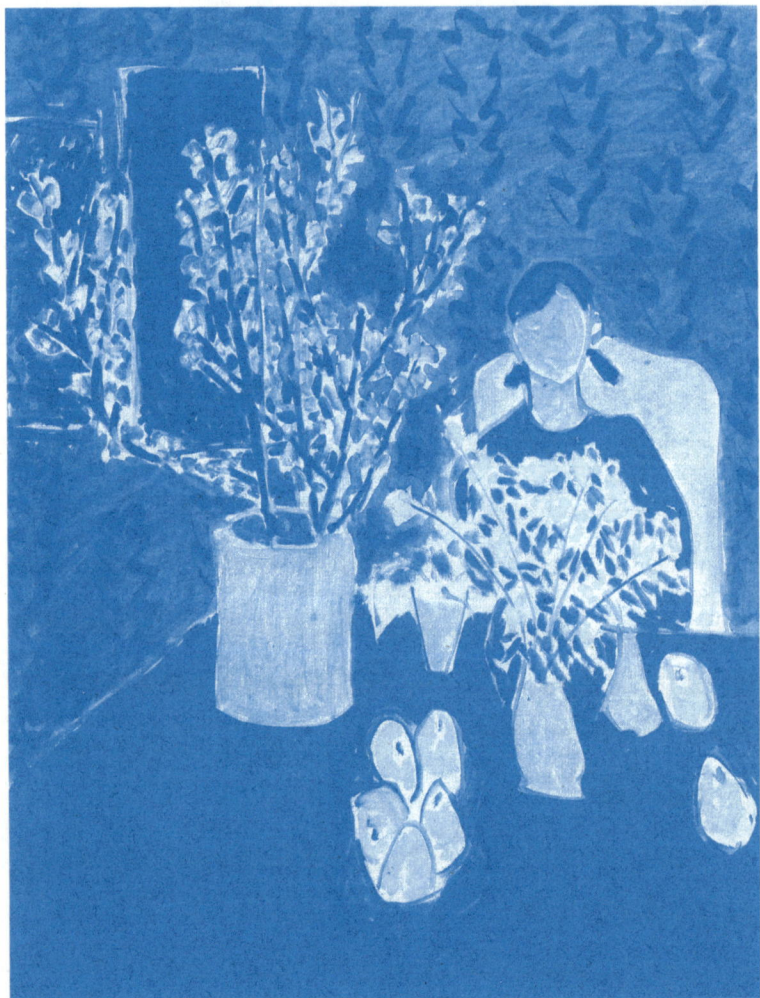

# 悲伤的夹竹桃

姚　谦

2022 年是曲折艰难的一年，跨越了几天之后，一直处于独居的我鲜少出门而把大部分的时间静静地挥霍在家中；坐在书房的一角望向窗外，或从卧室的床头看着墙角映上的一线晨光，或随意地浏览着散落在屋里的书本、画作、家具等物件；忽然间意识到自己漫长、看似拥挤的日子，全部被这些对象占有，雅称之为收藏，并且还自以为是地思考着赋予它们似有似无的意义：那都是纪念、一个个曾经被感动的纪念；而感动其实就是对应自己某时某刻的经历或感想，也许不可重现，也许并不重要。只是对我来说，感动更多来自别人生命中描述过的对世界的感想，更多的感动是我由衷的欣赏和感谢他们分享。

我们的生命对比于这个世界来说，都是如同蜉蝣般的存在，因为其短暂，所以感受才稀罕了起来。为了保留那瞬间的感动，才会产生留下此物在身边的想法。

这数十年来的收藏，几乎都是纪念着来自不同地方、不同时代、不同人有心记载下的对象；那是来自他们生命中的瞬间感想与感动，我虽没有亲自参与，却有缘把艺术品留在身边再三咀嚼。

就在 2022 年最后一个月的最后几天，感受着疫情的疲惫中，有两件小作品安慰了我，它记录着 2021 年夏天清风徐徐的恬静，和后来越来越少的自由。这是北京一位艺术家的作品，"周四"是她的艺名，她以黄铜为材、用手成艺，去记载生活赋予的灵感。她的作品类似美国艺术家 Alexander Calder 活动雕塑的方式，可如风铃般悬挂，大型的作品可以置放在室外，小的则可以挂在屋里一角。在她的第一次展览中，我惊讶地感受到其不可言喻的灵巧动人而收藏了两件；一件放在台北的客厅，另一件放在北京的书房。

其中放在书房的那件是夹竹桃，周四有一段文字记述缘由：今年新种了一棵夹竹桃，春天的时候枝繁叶茂、含苞待放。后来连着几天有朋友来家里做客，跟商量好了似的，都跟我说夹竹桃有毒啊，不好啊，不要养在室内云云。这棵夹竹桃好像听懂了。后来，就开始疯狂地掉叶子，本来花好好的就要开了，一夜干枯在枝头变得垂头丧气。吓坏我了。我开始时不时对它说些安抚的话，有意无意地称赞它。这棵夹竹桃好像听懂了。过了一段时间，它就恢

复了生机，重新开花了。

就这样，她拿着一堆掉落的叶子，做了这件作品。一叶一叶连接在长短不一很细的铜丝的尾端，再上下左右依叶片大小寻找平衡的串连支点，如洒在空中的叶子展开、凝结静止了，又会因为轻微的空气流动，而刺激着它们微调新的平衡。

现在这件作品在我的书房中，每回开窗它就随风旋转、摇曳，每回都像一次因为旋律不同而有了略有差异的新舞蹈；仔细看着每片黄铜夹竹桃叶子，都是刚落下时微微缩着的悲伤面容。我想着：记住昨日的感伤，也许是维系自己与世界平和关系的一个方式，看着夹竹桃叶与叶之间脆弱的平衡，如同地球上所有的生态，在一轮一轮旋转而舞中找着平衡，虽然我们不知道下一阵风起于何时。

# 第一件好事
# 还是读书

世界上很多人都是在书的滋润
下成长起来的。

# 墙上的阅读

宁春强

　　50 年前，我最初的阅读对象，是山村老屋里贴有文字的土墙。故乡是位于辽南一个名叫石门的偏远山村。儿时，石门家家户户的房屋里，每道隔墙都是土坯垒就的。家境好些的个别人家，土墙上贴着纸。

　　那些得以上墙的纸，多是主人看过无数遍的书，被一页一页撕下来，涂上糨糊，贴到墙上的。在那个年代里，书在山村绝对是稀罕物。墙上贴纸，也仅仅是寥寥可数的五七六户人家，才拥有的荣耀。

　　发现并注意到墙上的文字，源于会说书的宋五爷。

　　那时候的冬天，仿佛格外地冷。入冬后，母亲和左邻右舍的大娘婶子们总爱聚在我家的火炕上，一边纳鞋底织渔网，一边拉闲呱。宋五爷也常来串门。因宋五爷有一肚子的故事，大家就嚷着让他说书。宋五爷也不推辞，张嘴就来上一段。正听得入神，宋五爷却突然收住了口，转身去另一家，单单把悬念留给我们咀嚼。

读过几年小学后，我明白了宋五爷肚子里的故事，大都来自《三国》和《水浒传》之类的书中。有书就有故事。书能让我们看清山村之外的世界，领悟更多的做人道理。我突然对书产生了浓厚的兴趣，渴盼着自己也能拥有一部大书，好捧在手里天天品读。

我开始了寻找。翻遍了家中的每个角落，我收获的除了失望还是失望，便去找宋五爷借书。宋五爷正蹲在街门口晒太阳。你也要看书？你看得懂？宋五爷问。我低头不语，逮住自己的脚尖看，赖着不走。宋五爷起身拍拍我的头，说那你跟我来吧。走进屋里，宋五爷指着炕头上的那面土墙说，书在墙上，你爱看的话，就从这面墙开始吧。又说，你可天天来，什么时候有空，就什么时候来。

于是，我开始人生第一次真正意义上的阅读。我一下子就被墙上的文字吸引住了。虽然那时我并不懂得什么是文学，可隐藏在文字中的一个个鲜活的人物和精彩的故事，委实令我着迷。墙上的文字像一双双会说话的眼睛，不时地召唤着我。整个寒假，我的大部分闲暇时光，都消耗在宋五爷家的土墙上。尽管墙上书的内容并不连贯，却丝毫也不影响我的阅读兴趣。而今，我当然知道当年我读到的是什么。宋五爷家墙上粘贴的，是至今仍被奉为经典的长篇小说《红岩》。《红岩》宛如一柄火炬，照亮了山村，

照亮了我的少年梦。

之后，我迷上了串门，挨家挨户地寻觅着贴有纸的土墙。那一面面爬满了文字的墙，是书的另一种存在形式、传播形式，更是伫耸在我心中的文字的丰碑。

日子因阅读而变得格外富有味道了。石门人憨厚淳朴，他们甚至在外出忙碌家中无人时，也不锁门，以方便我随时进入，阅读墙上的书。我的好读引起了宋五爷的关注，他甚至预言我将来必定会成为一个有大出息的才子。这预言真的很灵验，多年之后我果然成了村子里罕有的大学生。

那时，我阅读的胃口越来越大，已不满足于村子里这屈指可数的几家文字墙了，便缠着宋五爷想办法。宋五爷沉思了片刻，让我去找乾叔，说乾叔家或许有书可读。

乾叔是下放户，在省文化馆做过编剧。乾叔很孤傲，鼻梁上终日架着一副眼镜，从不主动跟人打招呼。这样的人，会搭理我这个毛头小子？可我还是在强烈阅读欲望的驱使下，斗胆来到了乾叔家。

乾叔木然地打量着我。我说是宋五爷让我来的，管你借本书看看。乾叔不说行，也不说不行。你多大了？半天，他问。我忙报上了我的年龄。乾叔把目光转到了别处，说我没有什么书可借给你看的，你走吧。

失望潮水般淹没了我。我想他家中一定有好多的书，只是不肯借给我罢了。果然，我的猜测被验证了。晚上，我有意来到乾叔的院门口，见他正在家中伏案读书！你个小气鬼，你个吃独食的家伙！我气愤地匆匆离去，跑到宋五爷家告状。我说乾叔有书，却不肯借给我看。宋五爷笑了，说乾叔书不外借也许是对的。

我却很是不解。一天放学后，宋五爷拦住我说，你现在就去乾叔家吧，这是钥匙。我推开宋五爷的手，坚定地吐出两个字来：不去！宋五爷笑笑，说乾叔回城了，他留给你的书在他家屋里的墙上呢！

抓过钥匙，我风一样刮去。

乾叔家中堂屋的土墙上，是一部贴上去不久且排列有序的书，一部经久不衰的世界名著。现在，当我静下心来写这篇小文时，已深知当时乾叔为什么以这种方式把书留给我。贴到墙上的纸不是书，即便是禁书也没什么大的忌惮了。我急切地开始了世界名著的阅读，直到太阳落了山，直到屋子里渐渐暗了下来，以至于看不清墙上的文字了。这时，门开了，宋五爷手里拿着好几根蜡烛，笑盈盈地走了进来。

读书好，咱不能当睁眼瞎，可一口也吃不成胖子呀。宋五爷一边说，一边点燃起一支蜡烛。烛光闪闪，照亮了土屋，照亮了我的阅读。那烛光穿越时空，至今仿佛仍艳阳般地照耀着，使我能把眼前的一切看得更准，看得更真。

# 书的滋润

阿　成

　　我是一个书的受益者。当然，受益的不止我一个人，在这个世界上有很多人都是在书的滋润下成长起来的，哪怕他们并不识字，没有文化，但这并不妨碍他们享受书，即文化的滋润。他们可以通过另外一个渠道，而且这个渠道相当古老，源远流长，直至今日也传承不衰。这就是口口相传。通过前辈和同辈的讲述来认识这个世界，这个世界上的人，并引发他们的思考和判断。这几乎是在他们生活当中不可或缺的内容。

　　在黑龙江，有一个古老的渔猎民族，达斡尔族。一天的劳作结束以后，他们聚拢在茅草房里或者山洞中，围坐在火堆周围，听长者讲述他们的历史、见闻、经验和追求。毫无疑问，这些见闻、历史和经验，包括对周围世界的认识，都是经过一代又一代人的讲述提炼出来的精华。这样古老的、天然的"文化课堂",通常在茅草房的房梁上悬一个长长的棉绳,将下端点燃,当棉绳燃尽的时候,讲述便结束了。这是他们每天渴望的文化课,也是另一种阅读课。倘若将这所有的一切转换成文字,就是我们所说的书,通过这样的阅读,使听者获得文化上的安慰,并从困顿中获得解脱。

在现实生活中发现,在我的周围,特别是在我的父辈人当中(包括同辈人),他们会将生存经验中凝结淬炼所产生的成语、谚语,当作他们的行为准则和判断标准。比如发乎成语,止于成语的"纸里包不住火"。分明是说,什么样的秘密你都是藏不住的。还有"量小非君子,无毒不丈夫"。这更是具有煽动性的"文化"。再比如,"要想人不知,除非己莫为",以及"吃亏者常在,能忍者久安"(我的爷爷就是这样教导我的),等等。这样的例子特别多。然而,事实上真的是这样吗?文化上的自觉与自信就会引发一些人提出如此的疑问,并引发他们的思考。

在我还是一个少年的时候很喜欢唐诗、宋词、元曲,包括更早的楚辞、汉赋等。比如说,我喜欢的楚国人宋玉,至今对他的两篇楚辞仍然津津乐道,一篇是《风赋》,另一篇是《登徒子好色赋》。《风赋》将作者的智慧和对自然界的细微观察表达得淋漓尽致,而且生动有趣,让人有身临其境之感。宋玉说,楚王享受的那么凉快的风,普通的老百姓是享受不到的。这不是滑天下之大稽吗？可宋玉就把这两种风的"起源"说得入情入理，让楚王不得不信服。这让我想起在阅读过程中看到的另一句话："这个世界上没有不讲道理的人，只是他们讲的道理各自不同罢了。"在《登徒子好色赋》中，几乎招上杀身之祸的宋玉，通过对楚国女人的描绘以及登徒子妻子的丑陋，让楚王认为好色者不是宋玉，而是登徒子。通过类似的阅读欣赏和思考，我认识到，现实生活当中可能讲不通的事情，在文学作品中却能够畅通无阻。

也可能是通过对诗词歌赋的阅读，当然更重要的是有兴趣，这样的阅读与吟诵不仅丰富了我的业余生活，在一定程度上也滋润了

我的才情，产生了一种当事人意想不到的动力。举个小例子，多年后我在朋友的邀请下写了一本《唐诗今译》（其中还有英文专家翻译的汉译英）。没有那样的阅读，这几乎是不可能完成的。

坦率地说，是阅读使我有资格拿起笔来创作文学作品。说起来，我在青葱时代的前行目标当中并没有当作家这个选项。这有点儿像航海家哥伦布，在探险的快乐中无意中发现了新大陆。比如说我特别喜欢唐诗中"窗含西岭千秋雪，门泊东吴万里船"。这是一幅何等壮阔的图画呀！"千秋"和"万里"这几个字的运用，看得出诗人的心胸是何等地豪放与开阔。后来在创作短篇小说《良娼》时，这样的思维方式，这样的意境，悠然流到我的笔端："当春风越过万里长城来到这里，万朵齐绽，很爽眼。"这分明是在"窗含西岭千秋雪，门泊东吴万里船"的滋润下产生出来的。

类似的阅读滋润还有很多，比如老作家郑克西创作的短篇小说集《杏林春暖》。读他的书的时候，突然被一种悲天悯人和作家的智慧所折服。所以，当我看到那些毫无智慧可言的作品时就觉得非常乏味。要知道，读书不单纯是寻找一种快乐，寻找一种丰富的精神生活，更重要的，是将一个人从混沌和愚昧的困惑当中解脱出来，解放出来。倘若一个人干巴巴地在那儿写，你是有兴趣写，甚至泪流满面地写，但读者未见得有兴趣看下去。你可以发现，智慧也是人们的一种追求，而智慧的源泉之一，就在于阅读。

这使我得出一个结论，若想提高自己的写作水平，除了从沾沾自喜、自以为是、自以为得计的诱惑和可怜的脆弱当中挣脱出来之外，重要的是思考一下，为什么有些书你饶有兴趣地把它一口气读完。如此，一定会有新的斩获。

一个人的高尚情怀，有时候是需要通过阅读的开发才能把它激发出来，从而进一步清醒地认识到自己的优点和长处，以及应当发扬的方向。这样的经验和认识，是我偶然看到了旧时代的一个文人的一本短篇小说集得到的。很遗憾，我没有看到他的名字，因为这本短篇小说集是我在南京文庙那个地方的旧书摊上买到的，已经有些残缺了，但还好，至少有70%的完整。

这本小说集引起了我极大的兴趣，产生两个判断。第一，这是一个新派作家。第二，作者的眼界很宽。至少他读过苏俄和欧美的文学，并且受他们的影响较深（鲁迅先生的叙述与之很不同，他更接近当代人小说的叙述方法）。我在读这本小说的时候被作者的冷静、平和、悲天悯人的情怀所折服。我在想，是什么让我如此感动？不正是同气相求的结果吗？完全想不到的是，这本小说集让我清醒地认识了自己，并在以后的创作当中，一以贯之这种悲天悯人的情怀，也让我得到了某种释放和满足。

有人说，创作是一种享受，显然是有道理的。如此的感受我还在阅读《穿过西伯利亚人森林》（里面还有《德尔苏·乌扎拉》的电影文学剧本，是日本有名的电影人黑泽明导演的）时体会过：俄国的探险队在森林里遇到了那个来自天津的孤独的老人，他在这里已经生活多年了，探险队的队长问德尔苏，他是怎么回事。德尔苏告诉他，这个老人的哥哥和他的妻子有私情，他无法面对这样残酷的现实，一个人来到森林里独居。探险队的人就住在他的屋子里，而他带着那只狗在河边点上篝火过夜。第二天早晨，俄国探险队队长发现那个天津老人不见了。德尔苏指着远处的山顶上，那个老人正走在刚刚升起的巨大朝阳里……德尔苏说，他想通了，原谅他哥哥了。

由此我发现，一个人的情感也是能够通过后天的学习思考形成的，并遵循终生。

当然，书对我的滋润远不止这些。像索尔·贝罗、辛格、安西水丸的《常常旅行》，以及袁枚的书，鲁迅先生的书，郁达夫先生的书，汪曾祺先生的书等，长久以来，如清澈甘甜的泉水滋润着我的心田。

基于这样的感受，这样的经验，我将多年来自己所珍藏的大部分书，分别送给了我的两个女儿。有道是"家中书多子孙贤"。我自己也留了一些书，但那是很少的一部分。我还是讲究读书的自由的。我反对和惧怕被动的读书。现在，我读书一直很自由，想读就读，不想读，就好好地生活，旅游，做饭，跟朋友玩儿。

# 第一件好事还是读书

关于书的故事，关于阅读的话题，永远也说不完。我最喜欢的还是那句老话："数百年旧家无非积德，第一件好事还是读书。"这句话的最早出处，我不曾深究，只知道曾任商务印书馆董事长的张元济先生书写过，这幅字至今还悬挂在商务印书馆大楼内，已成为该馆的一张名片。

20世纪80年代初，我在旧书摊上见到《张元济书札》《张元济傅增湘论书尺牍》等，价格极其低廉，便买了下来。这些书信，主要探讨古籍版本等问题，感觉很有学术价值，但是以我当时的水平，很难读下去。毕竟，我刚刚大学本科毕业，虽喜欢古代文学，但知识匮乏，对这些深奥的学术问题无从判断。后来搬家，我觉得这两本书与古代文学研究相去甚远，便转送给他人。不承想，瞬间我便生出一丝亏欠之感，好像亏欠了书和作者，也亏欠了那份纯真的爱书之情。

从事文史研究的人都知道，张元济先生是我们这个行当绕不开的重要人物。他非常重视古籍影印出版工作，亲自主持编校了《百衲本二十四史》《四部丛刊》《续古逸丛书》等几部大书，在20世纪学术文化史上占有重要地位。这样的学者，这样的书，我居然那么轻易放弃，越想越懊悔，一种隐隐的不舍之情开始生根、发芽，时时反噬着我。

我在《求其友声三十年》一文中提到，上世纪90年代末，我到扬州大学讲学，报酬是一套《古逸丛书》，甚合我意。这套书收录26种珍贵古钞和宋元旧刻，是黎庶昌在光绪年间担任驻日公使时收集起来的，又照原书版式影写摹刻，具有极高的版本价值。1978年，江苏广陵古籍刻印社（今广陵书社）将这套书改装影印。我那时还在读大学，囊中羞涩，无缘得见。扬州大学送我的那套是第二版，价格也不菲。

有了《古逸丛书》垫底，我便得陇望蜀，花费528元购买到同一出版社影印的《续古逸丛书》，差不多是我那时两个月的工资。《续古逸丛书》收书47种，除一部蒙古本《孔氏祖庭广记》外，清一色的宋本。置此一编，大饱眼福，一下子可以看到那么多宋本，如别集就有15种，宋本《曹子建文集》《陶渊明集》《杜工部集》

等，在今天来看，还是最好的版本。

又譬如《百衲本二十四史》，我以为有了中华书局的点校本，就可以一劳永逸，不必再添置这套书了。事实证明我的想法非常可笑。举一个例子，《六朝文絜》（清代许梿编、黎经诰笺注）收录的萧纲《相宫寺碑》，其中有这样一段话："皇太子萧纬，自昔藩邸，使结善缘。"萧纬何许人也？黎经诰未注，该书整理者吴丕绩先生也未校订。查《艺文类聚》《全梁文》等，此处均作"萧纬"。再检《南朝五史人名索引》，又无"萧纬"其人，这叫我好生疑惑。曹明纲《六朝文絜译注》推断"萧纬"当作"萧伟"。萧伟是梁武帝萧衍的胞兄。史书记载说，此人生活奢靡，宫室为"梁世藩邸之盛"。仅凭"藩邸"二字，就能把萧纬与萧伟联系起来吗？我看比较牵强。

我从字形上判断，以为萧纬或即"萧绎"之误；又据《南史·袁昂传》《周弘正传》等传记，妄测萧纲、萧绎曾有皇太子位之争。我为这个结论欣喜不已，以为发现了新大陆。曹道衡先生不以为然。他指定我去翻阅《百衲本二十四史》，结果发现，该书提及帝王，常谓"某讳"。据此推断，"皇太子萧纬"，就是萧纲。萧氏父子信奉佛法，故作释教碑而自称名。

梁武帝《舍道归佛文》自称"梁国皇帝兰陵萧衍"，《断酒肉文》也说"弟子萧衍"，可见在佛前称名，天子亦然。《相官寺碑》是为颂扬佛寺而作，萧纲自称名，表示虔诚。他当了皇帝，抄写者将本字改为"讳"，是自然而然的事。

还有另外一种可能，原稿出自部下之手，虽说临文不讳，但文章拿出去，萧纲的"纲"字通常空格不写，或写"讳"字。《世说新语》记载，当时文人写作，如果想请某位权贵评点延誉，也要规避名讳，更不要说皇太子，更需避讳。六朝、唐人好作草书，

"言"旁与"纟"旁容易混淆，故由"讳"误成"纬"。看来，仅仅依据今人点校本考证问题，有时也靠不住，还得查阅善本。《百衲本二十四史》汇集了二十四史中的宋元善本，极具校勘价值。为此，我想方设法终于备齐了全套影印精装本《百衲本二十四史》，至今仍放在书架的显著位置。

人有人缘，书有书缘；若结善缘，必有回响。与张元济先生其人其书结缘 10 年后的一天，我再次与那两本书不期而遇。

那是在 1994 年，我在琉璃厂书店意外地见到了旧版《张元济书札》和《张元济傅增湘论书尺牍》，就像见到了久别重逢的故人，喜出望外，赶紧把书拿在手里，生怕被别人抢走似的。回到家里，沏上茶水，端坐在书桌前，我小心翼翼地展开扉页，恭敬地写下这样一段话：

十年前曾于降价书肆购得此书，当时读书甚少，未能深悟书中三昧，遂转让他人。

近年来，于古籍多所涉猎，越发意识到张、傅二公于古籍整理收藏之重要意义，颇后悔未留其《尺牍》，心中怅然若失。公元一九九四年三月五日逛琉璃厂之商务印书馆读者服务部，适见此书，遂喜出望外而购之并记于书扉。

在生活中，我们可能会有这样的体会：身边的美好，司空见惯，我们未必珍惜；一旦失去，才会意识到其价值，又追悔莫及，就像鲁迅《伤逝》所写。我的幸运在于，念兹在兹，两本书得而复失，又失而复得。事情虽小，我所获得的欣喜却是长久难忘的。

此后，我又买到《张元济古籍书目序跋汇编》以及傅增湘先生《藏园群书题记》《藏园群书经眼录》《藏园订补郘亭知见传本书目》《藏园批注读书敏求记校证》等目录学著作，一直放在案头，视为学术导引，按图索骥，逐渐扩大阅读范围，摸索着走到今天。

回想起来，大学毕业40年来，我与古书相伴，与古人对话，度过了难忘的岁月，有顺境，也有逆境，无论怎样，没有一天中断过阅读。我知道，阅读本身不一定就能提高我对事物的理解能力，也不一定带来多少实际利益，但是阅读能让我们充实，能在不同的语境中感悟到生活的意义，平添无穷的乐趣，又由这乐趣引发有趣的思考。

至今，我仍坚信张元济先生书写的那句老话，甚至还可以更为斩截地说，天下第一件好事就是读书。

# 与书有关的一点记忆

界　愚

与书为伴本就是作家的日常，是生活中的一部分。

我想起了曾经生活过的那个小镇，那种宁静、潮湿，以及瓦楞上的青苔。我在很多地方都讲述过那时小镇的小——只有两名警察与一个小偷，要是谁家有陌生人到访，不出一个小时就会传遍每个角落。

我的童年基本上是在一幢小洋楼里度过的。应该也算是镇上唯一的一幢，在一条弄堂的深处，楼下大厅被隔成了许多间，其中的一间里摆放着一口硕大的棺材。许多个暑期，我整天被关在二楼的一个房间里，好在外面有一个巨大的露台，水泥栏杆上同样长着青苔。那是我在三十岁之前见过的最大的露台，也一直是我童年的田径场。

相较于小镇上大多数的同龄人，我对书的接触应该算早的，这得益于我喜欢舞文弄墨的父亲。可惜，我早已经忘记了夏夜里他曾给我讲述过的那些故事，以及吟诵过的诗歌，但我清晰地记得房间里那个书架。这是许多同伴家里没有的，上面一层一层排满了书，也积满了灰，还有一些被折叠起来的麻布油画。很可惜，上面的俄罗斯风景都折裂成了一块块长方形的格子。

我读的第一本小说应该是《牛虻》，包着《解放军画报》的封面，可能还是繁体字的，只是记不得当时我是怎么去认那些字的。在那些字眼里印象最深的，一个是叛徒，因为它在电影里经常会出现。另一个就是爱情。我想，有些东西是与生俱来的，美好的东西，它在字眼上就是美好的，丑陋的也一样。后来，我才知道，这居然还曾是本禁书。

那个时候，天远比现在要蓝，窗外的阳光也远比街上的无遮无拦。那幢洋楼的围墙外是医院的手术室，除了看天、看书，我还时常观望那个窗口里的医生与护士俯在手术台上。现在我知道，其实孤独早在那个时候就开始塑造一个人了。

江南的夏天是如此地漫长与酷热。书架上的旧书大多是俄罗斯的小说与诗歌，每本都散发着霉味，捧在手里能让人浑身发痒，更会让人的脑袋里滋生出无数的念头。

这些念头会像天空一样日夜流转、阴晴不定，也会让一个人眼睛里的世界，从一个变成两个，变成很多个。

第二次彻底掉进书堆里，我仍在那个小镇。唯一的一家工会图书馆只在每周三、六的晚上开放。其实，那里阅览的地方不大，十几二十平方米的样子，书也不算多，排在一整片的铁丝网后面，可能还比不上我现在书架上的多，但那里有当季最新的杂志，电影的，时装的，文学类的好像只有四种:《收获》《十月》《当代》《花城》。

现在，那座小镇已经长大，瓦楞上的青苔依旧，却再也没有了宁静的时光。只是，记忆绝不会因为它的变化而有所改变。我记得在我曾经居住过的那条街上，有一家人，男人就跟我们想象中的读书人一样，瘦弱、苍白、文静，一言一行都慢条斯理。他是一名会计，他的老婆是个咋咋呼呼的粗壮女人。不过最引人关注的，并不是这对夫妻性格与形象上的反差，而是他们的节俭。

每天下班，女人通常是这条街上最后一个回到家里的。因为，她要等到菜场关门，才能买到这天里最便宜的菜。然后在家里做饭、洗涮，咋咋呼呼地骂老公、骂儿子。

后来，会计退休了，返聘到了我工作的单位，看我每天要么在外面打牌，要么在办公室里看书，从来都不声不响的。有一天，他把我请进他家里，让我把他床底下的几个纸箱一一拖出来——里面都是些杂志，都是文学与艺术的，都按年份装订了起来。

他让我要就尽管挑。

我说，你们夫妻两个这么节省，干吗不卖给收废品的?

他说，书怎么是废品？

后来，陆陆续续地，他会趁着上班给我拎来一小捆，直到他再也不来上班。

搬到城里后，我的楼下住着一对新婚夫妻，男方父母几乎每天都来，给小夫妻俩送菜、做饭、打扫卫生，等到有了孩子，他们就来得更勤了。再后来，那位老父亲知道了我是写作的，我也知道了他退休前曾是新华书店的一名门店经理。

在他拎着一大捆书敲开我家门那天，脸上竟然有点腼腆，说他家里还有很多，都要来送给我。我只说我快要搬家了。他说这些可都是宝贝，当初一般人想买也买不到的。

我说，你应该留给你的儿子与媳妇。他的表情变得有点落寞，说，他们哪有时间看书。

# 读书之乐，不唯版本的新旧

凸　凹

## 旧刊物读出新意绪

无事乱翻书。翻的是《光明日报》文艺部主任彭程搬家时淘汰下来的过期《世界文学》杂志，毫无顺序地堆放在书柜里，近60 册。

1998 年第六期的刊物是"加拿大女作家作品专辑"，其中打头的竟然是艾丽丝·门罗的一个中篇《善良女子的爱》（庄嘉宁译）。译者真是有眼光，他不知日后门罗会得诺奖。译笔朴实流畅，符合原创者娓娓道来的故事，虽然所叙是凶杀悬疑，但脱颖而出的是小人物不甘被环境遮蔽的本性之善，感觉大好。

卡·希尔兹的短篇《橘色的鱼》读后令人解颐。作品是第一人称的叙述，"我"说："我跟我这一代人一样，爱吃、爱钱、还爱性的享受，可我得了胃溃疡。"这就酿出了作品的象征意味——在这个物化的世界，人们有不竭的欲望，但是却缺少强健的胃口，因而就无福消受，因而就愁肠百结，生活之殇归结成两个字词：无奈、痛苦。这是现代人的通病，唯一的解药，是回归简约的生活。"橘色"，既是豪华之色，也是风干之色，它暗含着批判与呼唤。

2001 年的刊物上有"罗马尼亚当代诗选"小辑，其中扬·米尔恰的一首小诗《模具》道出了"写作"的真实面目——

当我书写时，

书写的纸下，

另一个人，仰卧在那里，

仿佛仰卧在一个玻璃模具下

写着同样的文章，从右到左

我收尾，在手稿的

最后点上句号。纸下的

另一个人，离结束还早哩，

继续兴奋地写着，

用古希腊语，用印地语，用正方形的希伯来语……

写作就是一个下笔有如神助的过程，你虽然刻画着人物，人物却也反过来推动你，写作者与文字是结伴而行的关系，在问诘、晤对、碰撞、纠缠、照应、反目、和解、补充之中，完成了没有预设目的地的精神旅程。而且，旅途的终点，正是意义的起点，价值的存在，已摆脱了写作者的主观愿望和主题设定，而重新上路，独立远行。也就是说，文本一经发布，就不再属于作者自己，不同国籍、不同阶层、不同身份的读者，会结合自身的生活经验、文化修养、思维习惯作出不同的解读——它被再次创作，衍发出新的意义。所谓"有一千个读者，就有一千个哈姆莱特"，就是这个意思。

　　看来，乱翻书一如率性的散步，不经意间也能奇景入目，得意外惊喜。而意外惊喜，才是纯粹快感的本相，因为没有期待，便没有焦灼。

## 又购《古诗源》

　　今天室外温度高达 26 摄氏度，花草劲发，飞絮遍地。人有春愿，或踏青，或溪边呢喃，我亦思佳人。佳人不寻，欲与家婆浪漫，家婆不允，说，我宁愿与狗出行，也不听你老套烦言。她与爱犬钢特去永定河大堤，在遍地黄花中逡巡，且为狗照相，直至数码相机的内存充满。晚归，她令我把照片数据倒到电脑桌面，她一张接一张地欣赏。狗呈百态，生动可爱，她乐不可支，说生活到底是美的。

我到机关写作，枯燥却也沉潜。感到，所谓文章，都是现时残缺的弥补，是在不温柔处寻安妥，避免无聊。

下午逛地摊，得《古诗源》一册，系中国画报出版社 2011 年新版，三折买下，斥金 8 元。

此书我有中华书局旧版，系文史家杨亦武上世纪 80 年代中所赠。

当时聊天，他坦然相陈，说我不似他，是正经的大学中文系毕业，不过是一学园艺的，古典文学基础薄弱，若不发奋恶补，定会影响写作境界。问他如何补，他说就从《古诗源》起。遂有赠。在他的启发下，我大量阅读中国古典文学著作。无奈中途补起，年龄渐大，记忆减弱，前学后丢，所得涵养，也颇稀松。写作时每有引用，都还要回去翻书。这就不错了，至少我知道"线索"，所得还是很珍贵的。便有深刻感觉：之于古典文学，一定要重视幼儿教育，一些经典要悉数背诵，化成智力细胞，成年之后可以触类旁通地运用。譬如我，如果幼时就有古典文学基础，进行写作，一定比现在有成就。所以我特别羡慕有一肚子诗书的人，譬如杨亦武、赵思敬。

旧版《古诗源》系繁体竖排，有阅读困难，故又买新版，枕畔、厕畔、桌畔，均可自由翻检，在玩味中，就有了庄重的收益。

人家尽享春光，我却摩挲古旧诗意，毫不顺时。

　　看来，文人和普通人的区别就在于，普通人看重的是当下，而
文人则流连于过去，有厚古薄今的意绪。

# 收藏书

安武林

有那么一个群体，我是非常喜欢的，且常常引以为知己，那就是喜欢收藏书的朋友们，这个群体可以称为藏书家。藏书家有大小之分，有资深和资浅之别，有爱好和商用之差。

我最讨厌的一个观点就是，书是用来读的，不是用来藏的。这等于没说一样，或者等于说饭是用来吃的一样。我相信喜欢藏书的人，大都是喜爱阅读的人。除非，那种仅仅以商业为目的的收藏者。他们不喜欢读书，但知道各种书的价格和价值。这样的人，是算不上收藏家的。

对于收藏家而言，萝卜青菜，各有所爱。相互轻视乃至鄙视的人，自然是有的，但那是令我憎恶的。宽容和尊重是基本的做人道理，如果读书人不明白这个道理，那只能说修养和素质太差而

已。有人喜欢收藏古籍，有人喜欢收藏签名本，有人喜欢收藏现代版本，有人喜欢收藏毛边本，有人喜欢收藏初版本，还有人喜欢主题性收藏，林林总总，丰富多彩。

从阅读的意义而言，读者仅从内容上熟悉即可，但对于收藏家而言，这只是书的一部分价值，哪怕是最主要的价值。因为一本书承载的东西，不可能仅仅局限于作家所写的内容，当它变成一本书的时候，它就成了一件艺术品，比如，书中插图、封面的设计。它们往往是一个时代审美的缩影。通过一本书，有时候可以洞察一段历史。

从收藏的意义上说，当然是印数越少越有收藏价值。我有个朋友，在这方面非常挑剔，他告诉我，印数在 3000 册以上的书，他一律不收藏。如此的印数，基本上未来很难有重印的机会。即便有，它也是初版本，同样具有收藏的价值。在一些旧书商的眼里，它们的价格，不会低于那些现代老书的，随便在网上一查便可以知晓。但不能忽略的是，这种书的内容，以及作者的知名度，那得需要收藏家有一双慧眼才行。我所知道的是，一些很有名的作家在刚出道的时候，知名度还不高，第一本书的印数是很少的。当然，其中还有另外的原因，比如出版社对于市场的判断，也是导致这本书印数少的原因。例如：精装本还不流行的时候，出一本精装书；诗歌和理论书很不景气的时候，出一本诗歌或者理论书。

有些近年出版的书，在网上标价之高，令人咂舌。并不是说这些书写得有多好，而是只此一家别无分店，且印数极少，这当然是虚标价格，有姜太公钓鱼之嫌。有一位先生曾经出版过一本短篇小说集，当时印数只有 2350 册。因为这位先生还藏有几本，慷慨地赠送了我一本，否则我得花不菲的价格来购买。幸运的是，许多前辈也馈赠过我他们印量极少的书。这些书，都是用来收藏的。

我的朋友中，还有更极端的，他买书，一般都买两本，一本用来读，另一本用来收藏。他有洁癖，从不淘旧书。他的观点是，新书买下，过许多年之后，就变成了旧书。他常常在微信上晒他过去购买的书，令人羡慕，令人嫉妒。他买的书，质量没得说，但在当时也有很多是印数极少的。在我眼里，他是品位非常高的收藏家了。令人贻笑大方的是，我们常常喜欢讨论这个人是不是收藏家、是不是真正的诗人之类的话题。

　　没有宋版书，在一些人眼里，是算不得藏书家的。但对于不喜欢古籍的人而言，宋版书是没有什么价值的，只是价格高而已。如果我们了解海外收藏家们的故事，就会知道还有一些书的价格昂贵得惊人。

　　书可以作为文物收藏，这也是一种爱书方式。而无论什么样的收藏方式，都意味着，我们的家里已经离不开书。

# 我读庄子

丘晓兰

"子知物之所同是乎？""吾恶乎知之！""子知子之所不知邪？""吾恶乎知之！""然则物无知邪？""吾恶乎知之！"……

您知道万物的共同道理吗？——我怎么知道呢？

您知道自己不知道吗？——我怎么知道呢？

那么万物都是无知的吗？——我怎么知道呢？……

以上是庄子内篇《齐物论》中的几句对话。假如说，有哪一部文学经典最长久地影响了我，那么，首先浮上我脑海的就是庄子的《南华经》了。虽然我至今也并没有读懂它。

回溯自我的成长经历，我需要感激的事物也许会有很多。比如从未冷过饿过，甚至成年之后相当长的一段时间里，都可以没有任何负担和压力地活着。当然，也就没正经考虑过什么理想抱负之类的问题，只是比较一派天然地活着和快活着。是一窍不通地混沌着的状态。假如可以一世都这样混沌地快活地活着的话，即便也仍旧喜欢写些篇什，应该也不是今时什么都不知道的模样，而是一如清澈能见底的溪流，有花草有游鱼，也有日月云霞的投影，爽目怡人美不胜收。

就在仍旧混沌着的时候，我遇到了庄子。

说一句惊为天人不为过，也恍如遇到了隔世的知己。虽也诸多不明其意，然声气相投，心意相通，仅是遇见便陶陶然欲手之舞之足之蹈之。

造物的安排是难以揣测的，然而，生之为人，似乎也免不了仍旧要去揣测自己想明白又总是不明白的事和理。许多喜欢与人分享自己感受和思考的人也因此成了作家、哲学家、艺术家。我的喜欢庄子是一见钟情的感性的，不需要过程也不需要理由。就像面对一个长得太好看的人，无论他（她）说些什么都是对的。因为太过喜悦庄子，与他相关的种种也会由此及彼地关注过去，比如他的生平，比如道家、道教、老子、列子，还有各种论述庄子及庄子文章的文章。直至许多年头过去，我的内心里都是凡赞誉庄子的，我便喜悦；凡有所批评庄子的，我便腹诽：这混账俗物，懂个什么！

然而正如混沌被凿，陶陶然的第一重见山是山、见水是水的不识愁滋味，迟早要被见山不是山、见水不是水的阶段替代。再读庄子，竟发现他重视肉身感官的向内通达，多过了心智精神的自我超越；他也谈生死，也尊重各种的活着，目的却只是想告诉我可以怎么活，应该怎么活，怎样活是快乐的，仿佛人的活着和死去都是自然而然的，至于为什么会活着，为什么要活着，答案可以五花八门，却没有专门的论述。

虽不能尽情解惑，对庄子的喜爱自然也仍旧是喜爱的，毕竟我也正活着。无论何时，他的放达、洒脱、一派天然不做作，始终都在影响我。他的与万物齐一，与自然相亲相融，也没有道理地让我觉得正确。让我想与之并肩携手，或者，尾随其后也可以啊！击水三千里，扶摇九万里，野马也，尘埃也，天之苍苍，其远而无所至极邪？然而庄子只是设了问却没有继续回答，转头又描绘起了如何才可以在齐一的万物天地里，才全，德不形地，逍遥游……

我是相信言为心声文如其人这样的说法的，也不太想去细究《南华经》里内篇抑或外篇、杂篇里的哪一篇是庄子原创，哪一篇又是他的后学或拥趸的杂入。甚至，史上有无其人，于我都并不是那么要紧。

终究是一千多年前的人与物了，足够强大的观点和学说自然会从一人而至一个流派。仍旧能从留存下来的文章或观点、态度里收获心醉神迷，就该以手扶额幸甚至哉了。

我的感受里，庄子是个天性醇善活泼、心里还有很多爱的人。

真的，我没觉得他是神，虽然他有几乎神一样的放达和智慧。在人世里悟通悟透了许多事理，却始终保有醇善活泼和被洒脱遮掩着的悲悯的爱。

也许，庄子并非不知道人为什么会活着和为什么要活着，但他不想说。我的猜想里，庄子必然，至少，也是有着与造物同游过天地的造化的。否则，他又怎能如此多方地戳破人世活着可能会遇到的迷障而从不落窠臼？他不想说的缘由，我并不认为是一些观点所言的，中国人没有个人独立的精神需要，中国人的精神生活总是要与他人联系在一起，中国人相信物质的东西胜于精神的东西。

即便是相信精神的东西，也必须是物质化了的精神，或者说有物质作根据的精神。这是因为对人这被造之物的悲悯。

我不否认国民性里重物质多过重精神的事实。但庄子是已然超脱了俗世的。得承认，我的喜爱庄子，是因为喜爱自己。我的人类立场，也是基于我也承认自己是一个人类的原因。虽然我仍旧不知道人为什么会、为什么要活着，但我毕竟是以一个人类的形态正活着。也希望自己乃至每一个人都能够活得开心，活得快乐，活得洒脱，活得幸福。

还得承认，我的喜爱庄子，还有一个原因。那就是，他找到

了自由，得到了自由。

　　仍旧是《庄子》里的故事，一个叫知的人往北到玄水游历，去探寻怎样才能懂得道、安于道、获得道。问了好几个人，得到的答案是：不知道的就合乎道了；忘记了的，就近乎道了；哗哗哗地说知道了的，就离道还远着了……

　　所以，假如你问我：你为什么喜欢庄子？——我怎么知道呢？或者，你又受到了庄子《南华经》的什么影响？——我怎么知道呢？